万榕书业

匠心|品质|经典|阅读

妈妈也有
想妈妈的时候

积雪草◎著

北方联合出版传媒（集团）股份有限公司
万卷出版公司

图书在版编目（CIP）数据

妈妈也有想妈妈的时候 / 积雪草著. —沈阳：万卷出版公司，2020.8

ISBN 978-7-5470-5363-8

Ⅰ. ①妈… Ⅱ. ①积… Ⅲ. ①散文集—中国—当代 Ⅳ. ①I267

中国版本图书馆CIP数据核字（2020）第071645号

出 品 人：王维良
出版发行：北方联合出版传媒（集团）股份有限公司
万卷出版公司
（地址：沈阳市和平区十一纬路25号　邮编：110003）
印 刷 者：辽宁泰阳广告彩色印刷有限公司
经 销 者：全国新华书店
幅面尺寸：145mm×210mm
字　　数：200千字
印　　张：8
出版时间：2020年8月第1版
印刷时间：2020年8月第1次印刷
责任编辑：胡　利
责任校对：高　辉
封面设计：琥珀视觉
ISBN 978-7-5470-5363-8
定　　价：36.00元
联系电话：024-23284090
传　　真：024-23284448

目 录

第一章 时光河流上的一星灯火

第二章　化蝶的美丽与疼痛

第三章　无可复制的美丽时光

第四章　时光的隔壁住着谁

第一章

时光河流上的一星灯火

时光的河流上，总会漂浮一些东西，远远近近的人与事，深深浅浅的悔与恨，像水草一样纠结、湮灭。唯有爱，一直镶嵌在记忆里，那是时光河流上的一星灯火。

妈妈也有想妈妈的时候

一直以为，母亲是山，是海，是树，可以依靠，可以包容，坚强无比。原来母亲也想念她的父母，母亲也有软弱的时候。家中每次遇到重大变故的时候，母亲都会把这两帧小照拿出来看看。看了照片之后，母亲会变得坚强勇敢，再困难的事，她都会想办法渡过难关——那份亲情的滋养，那份父母的大爱，是母亲生存的全部信念和财富。

朋友的母亲，有一只漂亮的檀香木首饰盒。

有很多次，她都想偷偷地打开那只檀香木首饰盒，看看里面究竟盛放了什么东西，特别是夜里睡不着觉的时候，想到那只檀香木首饰盒，她的心就有些莫名的激动，她无法想象那里面到底藏有什么宝贝，以至于母亲如此珍惜，如此爱护，如此看重。

她一直没敢轻举妄动的原因，是怕惹怒了母亲，惹怒了母亲可不是什么好玩儿的事情。

那只檀香木首饰盒，小小的，长方形，有一本书那么大小，上面像浮雕一样凸起层层的花饰纹路，深紫红的颜色，半亚光的漆面，看上去古色古香，精巧别致。

母亲一直像宝贝一样珍藏着这只首饰盒，把它藏在家里柜子的最底层，轻易不会拿出来示人。从她记事的时候起，看到母亲抱着首饰盒发呆大约有三次，每次都是夜深人静的时候。

第一次发现母亲有这样一个宝贝是她六岁那年，那天晚上，她一觉醒来，望着窗外黑漆漆的夜空，她有些害怕，光着小脚丫就往母亲的房间跑，却意外地看见母亲对着一只好看的小盒子发呆，眼圈红红的，似乎刚刚哭过。

那两年，穷得是家徒四壁，债主常常跑上门来要账，母亲愁得整宿整宿睡不着。那些年里，他们家一起吃过槐花玉米面做的糊糊，也吃过榆树钱玉米面做的饼子，日子清汤寡水没有滋味。

母亲看见她在门口探头探脑，吧嗒一声把小盒子关上，送回到柜子里。

第二天，她趁母亲不备，偷偷地翻出那只首饰盒。令她大失所望的是，那只首饰盒竟然被母亲用一把指甲盖大小的金黄色的小锁锁住了。也因此，她对这只首饰盒里的内容更加好奇了，是钱，是水果味的糖，还是母亲只戴过几次的银耳环？

第二次看见母亲对着那只檀香木的首饰盒发呆，她已经是十六岁的花季少女。那年父亲因为一场大病，住进了医院，家里变得清冷静寂，气氛凝重，仿佛山雨欲来的那种惨淡。母亲每天把小米粥熬得浓香四溢，配上精心制作的小咸菜，让她给父亲送去。

父亲住院，花光了家里所有的钱，于是母亲天天都要跑出去借钱，看人家脸色，行动谨小慎微，言语低声下气。有人说风凉话："都快不行的人了，花那冤枉钱干吗？也不替自己想想。"母亲听了，黯然无语，回到家里，独自对着那只首饰盒发呆，暗自垂泪。

她没好气地对母亲说："天天对着那只破盒子唉声叹气，都什么时候了，如果是钱，赶紧拿出来送到医院。如果是首饰赶紧拿出来变卖了，还等什么啊？救命要紧！"母亲白了她一眼，小心翼翼地把那只首饰盒放回到原处。

第三次看到母亲紧紧地抱着那只檀香木首饰盒，是她二十六岁那年。那一年，她认识了一个男人，两个人感情甚笃。要做新嫁娘的前一夜，母亲抚着亲手做的红绫被、锦缎褥，唉声叹气。

她拥着母亲的肩，故意笑嘻嘻地说："女儿只是嫁人而已，又不是上战场，嫁了人还可以回来看您，干吗这么伤感？高兴点，笑一个给我看看！"说着，她用手指比画着嘴角，做出上扬的手势。母亲咧咧嘴，勉强笑了一下，转身去柜子里抱出那只首饰盒，轻轻放在她面前。

母亲说："这只檀香木首饰盒是我母亲的陪嫁，我结婚的时候，母亲送给了我，现在我把它送给你，算是陪嫁。"

她抚着那只精巧别致的首饰盒，心跳如鼓，莫名其妙地慌张起来。首饰盒里的东西让她猜测了多年，现在谜底马上就要揭开了，她的手心竟然湿漉漉的。难道母亲要把珍藏了一生的宝贝送给自己吗？

母亲轻轻打开首饰盒，里面空空荡荡，角落里有两张已经泛黄的两寸照片，一张是外祖父的，一张是外祖母的。谜底揭开，她唏嘘不已，汗颜不已。原来，曾经被她猜测过很多次的金银饰物、古董宝贝，原来不过是两帧泛黄的小照片。

一直以为，母亲是山，是海，是树，可以依靠，可以包容，坚强无比。原来母亲也想念她的父母，母亲也有软弱的时候。家中每次遇到重大变故的时候，母亲都会把这两帧小照拿出来看看。看了照片之后，母亲会变得坚强勇敢，再困难的事，她都会想办法渡过难关——那份亲情的滋养，那份父母的大爱，是母亲生存的全部信念和财富。

原来父亲也会老

一直以为，父亲是我的天，是我的地，是我人生路上遇到困难时，那双支撑我的最有力的手臂。原来有那么一天，父亲也会老，老到需要我去照顾，去呵护，去关爱。

从小到大，我都不是一个让大人省心的孩子。

读书的时候，成绩一塌糊涂，三番五次扬言要退学。对于这个原则性的问题，父亲并没有因为我的任性而妥协。每一次去学校看我，他都会偷偷地塞一点钱给我，给我买喜欢的书，给我买好吃的。我知道他是用另外一种方式鼓励我，安慰我。

工作的时候，一个人在异乡，无依无靠的那种漂泊感，让我内心生出荒凉和孤单，终于在一次和上司的争吵中，我又一次做了逃兵。回到家里，我的内心是紧张和不安的，我担心父亲会劈头盖脸地把我臭骂一顿。可是父亲没有，只是安慰我说："回来就好！不想做就不做，不就是一份工作吗！只要你好好的，比什么都好！"

到了恋爱的年纪，没理由地喜欢上一个单眼皮男生，男生长得挺拔修长，歌唱得好，球打得好，是一个极度活跃分子。而我刚好和他相反，木讷到近乎失语，偏又长着一颗逆向思维的脑袋，像一个小怪物一样。只和那个好看的男生拉过一次手，从此两两相望，如隔彼岸，再无下文。我却就此开始闹失恋，不吃，不喝，不出门，躲在房间里锁着门，扬言不活了。母亲是紧张和不安的，轻轻浅浅的叹息不断地散落在耳边。倒是父亲，隔着门，在门外笑，他说："这就不活了？失恋不过一是场重感冒，只有反反复复感冒的人才会有抵抗力，才会在反反复复的感冒中长大，找到那个红尘中一直等着你牵手一生的人。"

真的如父亲所言，没过几天，"感冒"自然而然地痊愈了，然后我就没心没肺忘记了失恋这件小事儿。多年以后，我也真的找到了那个牵手一生的人，然后结婚、生子，过起了小家庭的小日子，过起了父亲不在身边的小日子。

我们的小日子虽然很幸福，但和尘世间的世俗夫妻并无二致，仍然会在柴米油盐中斤斤计较，吵吵闹闹，鸡飞狗跳。

一次，吵完架后，我抹着眼泪回家找父亲，一路走，一路幽怨地想：和这样的人在一起过一辈子，我真是看错人了。潜意识当中，是想让父亲帮我狠狠地把他骂一顿，然后和他离婚！

路过家门口的一家小超市，看见父亲和人起了争执。那人很凶，一只手几乎指到父亲的鼻子尖上，嚷嚷着："你没长眼睛啊？这么大岁数的人了，走路怎么不长眼睛？你说，怎么办吧？"父亲嗫嚅着说不出话来，好半天才软软地说了一句："对不起，我赔你吧！"那人攥住父亲的手腕不撒手，一副不依不饶的凶恶嘴脸。

我的心忽然就酸了，那个在我眼中无所不能的父亲，那个我有一点小事就要去麻烦的父亲，居然也会老，居然也会手足无措，居然也会被人欺负。我看着身体已经不再挺拔如一株松树的父亲，鬓边居然已经华发丛生。早先，我怎么就一点都没有注意到呢？原来我一直在无度汲取父亲的关爱，工作不顺心，回家找父亲哭诉；生活不如意，回家找父亲抱怨；就连两口子吵架这样的小事，也不让父亲消停，肆无忌惮地让父亲分担自己生活中的种种不如意。

眼泪不知道什么时候爬上我的眼睫。我挤过围观的人群，站在父亲身边，声色俱厉地对那人说："请你别欺负我的父亲，他已经跟你道歉了，而且答应赔偿你，你还想怎么样？如果你不接受赔偿，请到法院起诉！"那人愣了一下，小声嘟囔："真不讲理，这样的小事值得起诉？"他接过父亲的钱，悄悄溜走。

我揽过父亲的手臂说："爸，咱们回家吧！"那天，我破天荒没有向父亲哭诉，更没有提离婚的事。

一直以为，父亲是我的天，是我的地，是我人生路上遇到困难时，那双支撑我的最有力的手臂。原来有那么一天，父亲也会老，老到需要我去照顾，去呵护，去关爱。

那些温暖的称呼

红尘生活中，称呼只是一个人在尘世过往的一个符号，但是，一个温暖的称呼会让人心生爱意，活得有劲儿。

去超市买东西，看商品说明书的间隙，听见旁边一个老人家轻轻地喊了一句：“宝儿，你过来看看是不是这个牌子的？”声线柔和亲切，我以为他是在叫宝贝孙女，不经意间抬头，猛然看见货架后面转出一个老太太，七十多岁的样子，头发都白了。她笑意盈盈地说：“问我干吗？你喜欢就买呗！”

我不由得怔住了，这样的爱称，居然是叫一个老太太。一句“宝儿”，叫得亲切自然，一定是叫了一辈子才如此顺口。我不由得想起一首歌：“我能想到最浪漫的事，就是和你一起慢慢变老……直到我们老得哪儿也去不了，你还依然把我当成手心里的宝……”

很多人，爱情没有了，爱称也就没有了；又或者，岁月的打磨与淘洗，年轻时的爱称，半路上换掉了，换成了“哎”“喂”“那个谁”等其他代词。

等我老了，他也会这样叫我吗？把年轻时的爱称一直沿用到老，我不由想得痴了，呆怔在货架前，忘记了手里要买的东西。

去医院看医生，排队的时候，一个站在我前面的老太太东张西望，像丢了东西一样，嘴里嘟囔：“毛毛，你去哪儿了？怎么眨眼的工夫就把你弄丢了！”我以为她丢了孙子，忙建议她：“去服务台用大喇叭叫一声就找到了。”一句话还没有说完，她的毛毛就气喘吁吁地站在她面前，一个劲儿地小声解释：“妈，我去楼下划价交钱了，只离开一小会儿，您老就想去发寻人启事啊？”

他的小玩笑并没有让我觉得好笑，倒是他的名字让我有了错觉，想不到这个叫毛毛的，居然是一个四十多岁的大男人，长得高大魁梧，说起话来却是小声小气，甚至有些撒娇的意味。我暗自猜想，毛毛这两个字一定是他的乳名，必定是跟了他半辈子的，在父母的心目中，这是一个专属名字。

男人也好，女人也罢，活在这世间，就算你老到走不动路了，就算哪儿都去不了了，在父母的心目中，你仍然是他们的小毛毛，是他们最宠爱的孩子，一声呼唤里面饱含了无限的爱意。

去海边的广场散步，晚风，斜阳，景色怡人。一个三四岁的小女孩，手里扯了一串气球，在广场上撒丫子，一边跑，一边喊：“老白，等等我，等等我好不好？你别走这么快嘛！”我循声望去，一个二十七八岁的年轻女子，面容姣好，衣袂飘飘。她停下脚步，回头看了小女孩一眼，嘴角牵出一抹笑容。

三四岁的稚童，喊自己的母亲为老白，我不由得失笑。想起邻居家的一个男孩，十五六岁的样子，正在上初中。每天一团火似的，只要他一放学回家，家里就热闹起来，喊外公为老帅哥，喊外婆为大美女，喊母亲为小冯同学。

如果按照旧时约定俗成的习俗，长幼尊卑有序，这样的称呼无疑是大逆不道的，可是现代社会，对私人生活、私人称谓要求没那么严苛，私底下，只要不触及法律，不危害他人，怎么称呼都行。邻家男孩对长辈的称谓，其实也没什么不好，把长辈们往年轻里叫，也许还会有一种心理暗示的作用。

红尘生活中，称呼只是一个人在尘世过往的一个符号，但是，一个温暖的称呼会让人心生爱意，活得有劲儿。

请原谅我对你的苛刻

很多时候，父母、老师极其严格地要求我们做这做那，一遍不行再来一遍，严格到近乎苛刻，当时我们会觉得有些过分，觉得不近人情，甚至会产生抵触情绪，但总有一天，我们会明白的，那种苛刻是爱的另外一个版本，是爱的延伸。

换了新的住处之后，一下子喜欢上那里静谧安逸的环境，小区里有很多花草树木，那些树，虽不是很老，但也不年轻，硕大的树冠把房子覆盖在其中，滴翠的绿意让人感到时光的幽远和深邃。

从此我喜欢上散步。晚饭后，一个人在那些树下流连，看夕阳的最后一抹余晖，听鸟儿婉转的叫声，远远地望着邻家女孩在小广场的树下读书，一会儿蹙眉，一会儿微笑。

我走过去和她打招呼，她抬起头，扬了扬手里的手机对我说："嘿，想不到我们老师跟我道歉了。"

女孩十六岁，刚刚参加初升高考试，假期里有一段可以自己安排的时间，所以每天傍晚都能看到她在这里读书，一来二去地熟了，女孩喜欢跟我聊两句，三言两语，散散的，淡淡的，没有主题。我喜欢上她的爽快和笑声以及那种积极向上的生命力，很有感染力，和她在一起待几分钟，我觉得自己也变得年轻了。

她有些兴奋地跟我说："老师给我发短信了，只有一句话，请原谅我对你的苛刻。"我问她："老师为什么给你道歉啊？"女孩蹙着眉，说："你不知道，我最厌烦写作文了，现在的备考作文都像八股文，所以一上作文课，我的头就发晕，偏偏我们语文老师对我们要求非常严格，一篇作文，最多的一次竟然让我改了八遍，改得我都快崩溃了，于是和语文老师吵了几句，说了很严重的话。"

"记得当时，我声色俱厉地质问老师：'你不折磨我，会怎么样？'老师扶了一下鼻梁上的眼镜，可能是没有想到我会这样问他，也火了，像看外星人一样看着我说：'每一篇作文我都看两遍，然后再写下评语和修改意见，不是针对哪一个人，你不想改，只能证明你的态度不够端正，你的能力不行。'说完，他拂袖而去。我知道自己闯了大祸，我以为老师会跑去告诉家长，打我的小报告，忐忑不安地等了一段时间，一直到考完试，也没什么动静，我才放下心来。"

我问女孩："中考作文成绩怎么样？"她合拢书，有些不好意思地说："我的中考作文得了满分，而且我在写作上有了很大的提高。其实老师真的不用跟我道歉，如果不是他对我们极为苛刻的要求，我也不会取得这样好的成绩。"

清凉的晚风轻轻吹拂着发梢，我站在树下，看着女孩哼着歌，步履轻快地回家去了。心中久久想着那句话——请原谅我对你的苛刻。

很多时候，父母、老师极其严格地要求我们做这做那，一遍不行再来一遍，严格到近乎苛刻，当时我们会觉得有些过分，觉得不近人情，甚至会产生抵触情绪，但总有一天，我们会明白的，那种苛刻是爱的另外一个版本，是爱的延伸。

旧情书

白纸黑字，那些缓缓流淌的心情，那些悸动不安的情愫，那些书写着爱情的脉络与纹理的信件，有如飞过沧海的蝴蝶，在我的记忆里翩翩起舞，那不是手机短信、电子情书或者微信里的一句不咸不淡的话所能替代的。那些散发着笔墨芬芳的旧情书，是一种温情，是一种信仰，是一种不能泯灭的记忆，是一段青葱年华的浪漫延伸。

天空阴霾低垂，仿佛要下雪的样子，连空气都变得稀薄起来。我无心做事，双臂抱膝坐在宽宽的窗台上，看着远处轮廓不清的风景。

灰蒙蒙的天空下，房子、车子、树木、行人，这些小小的个体仿佛都凝固了一般，在寒冷的气流中，像一张素冷的油画，带着颓败的气息。

远处街拐角的地方，一个年轻的男孩和一个长发的女孩相对而立，男孩没有戴帽子，略长的头发被风吹得立了起来，他手臂挥舞着，比画着，很焦急的样子，仿佛在解释什么。女孩侧着头，像任性，像赌气，又像撒娇，戴着红色的绒线帽，围着一条长长的红围巾，肢体语言满满都是不耐烦。那条红色的长围巾可真醒目，在寒冷的冬天里，像一面旗帜，随风起舞。

我远远地看着，暗自忖度，这一对年轻的恋人，一定是起了争执，有了什么误会，即便我隔着远远的，都能感觉到空气中火药的味道。会不会因为一点小小的误会，而错失对方？多年之后，再回首已是百年身，再也无法倾听对方的解释，再也无法倾听对方的啰唆，从此像两根延伸至远方的钢轨，再无交集，再无碰撞，除了遗憾和心疼，只能随时光一起搁置。

果然，女孩狠狠地一甩手，不管不顾，转身跑了。男孩子追了几步，然后停下不动，站在原地发呆……

我的眼睛忽然有些轻微的被灼疼的感觉，这多么像当年那熟悉的一幕场景，我还是我，可是伊人在何方？可惜那时，我和她一样，任性，胡闹，并不懂得倾听，并不懂得接纳和包容，更不懂得爱的次序，只有当一个人爱着你的时候，才会祈求你的原谅。

耳畔想起江美琪的老歌《那年的情书》：当我想起你的微笑，无意重读那年的情书，时光悠悠青春渐老，回不去的那段相知相许美好，都在发黄的信纸上闪耀，那是青春诗句记号，莫怪读了心还会跳，你是否也还记得那一段美好……

寂寞的午后时光里，心有些轻微颤抖，谁不曾有过一段心动的旧时光？谁不曾有过一段被埋葬在记忆中的恋情？谁不曾有过一段挥之不去的旧情结？我起身去储物室里翻找，一大堆的旧物仿佛纠结着一个人的历史，夹在书中早已风干了的玫瑰花儿，发黄的缎面日记本，两张老式的毛边电影票，还有一大堆扎着绸绳的旧情书……

那是哪一年的事了？那是哪一个男孩子写给我的情书？在旧物堆里落满了灰尘，挨挨挤挤在一只暗旧的纸箱里。那些旧情书拿在手里，早已不再有当年的脸红耳热心跳，早已不再情怀激荡，可是，我捧在手里的，哪里是一段旧时光？分明是我昨日的年华和青春。

木芙蓉开花儿的季节，你骑着单车，单腿支地，然后把一叠厚厚的情书塞给我，像做坏事儿一样，转身匆匆离去，只留下一个羞涩的背影，和着那些木芙蓉花儿，印证在青春的底片上。

尺素寸心。

白纸黑字，那些缓缓流淌的心情，那些悸动不安的情愫，那些书写着爱情的脉络与纹理的信件，有如飞过沧海的蝴蝶，在我的记忆里翩翩起舞，那不是手机短信、电子情书或者微信里的一句不咸不淡的话所能替代的。那些散发着笔墨芬芳的旧情书，是一种温情，是一种信仰，是一种不能泯灭的记忆，是一段青葱年华的浪漫延伸。

如果爱，就亲手写几个字，让时光去检验和印证，让记忆去温习和梳理，给青春岁月留下一段唯美的见证。

我是全世界最忙的那个人吗

让我们在还来得及的时候，为父母做自己想做的事儿，哪怕是一件。无论多忙，都要多拿出一点时间回家看看父母，或者给父母打个电话，报个平安。

结婚以后，有了自己的小家，就很少回父母家里。其实回家，坐公车才两站路，走路也无非十几分钟，可是我却很少回去。每次老妈打电话来抗议，我就厚着脸皮跟老妈耍赖，我的一贯借口是："妈，这段时间我很忙呢，等过了这段时间，就回家看您。"

像那个喊狼来了的孩子，说得次数多了，老妈也开始不信，因此常常打电话骚扰我。平常花点钱，她老人家会心疼，可是打电话却从不怕花钱，用她的话说，是为通信事业做点贡献。逮不着我，就在电话那头数落，我不敢回言，于是佯装听得认真仔细，其实手里依旧不停地做着自己的事儿。

我真的那么忙吗？忙到没有时间回一趟家，忙到没有时间静下心来听听老妈的电话？连我自己都说不清楚，生活在红尘中的人，哪一个又不是如工蚁一般忙忙碌碌，一刻不停地在城市里奔来奔去，陪上司应酬，和同事晚餐，和朋友喝茶，似乎哪一样都比陪父母说几句话来得重要，总觉得不能拂了别人的情面，总觉得父母是自己人，不会生气，会有很多时间在一起，所以总是一推再推。

有时候老爸老妈吵架，老妈会在电话中跟我诉苦，让我断个孰是孰非。有道是清官难断家务事，更何况我不是什么清官，只是为人女，批评老妈两句，她说我偏袒了老爸；批评老爸几句，老爸坐在那儿一声不吭，倒让我不忍心。要说一碗水端平，谈何容易，索性装聋作哑，或者找个借口，柔声细语地说："妈，我还有事儿。"挂了电话，溜之大吉。

偶尔回一次父母家，父母也必是十分隆重，仿佛我是远道来的客人，杀鸡宰鱼，煎炒烹炸，十八般武艺和绝活统统亮开，忙得不亦乐乎。然后非常满足地看着我没心没肺地大快朵颐，似乎我吃得越多，他们就越有成就感。看着我风卷残云之后，抹着嘴打着饱嗝逃之夭夭。当然借口还是那句老话："妈，我还有事，等哪天有时间了再回来看您。"

天啊，这哪里是回来看父母，简直就是鬼子进村，又吃又拿，然后心安理得地溜之乎也。可是父母并不恼，相反却用温暖的眼神和温柔的话语鼓励我。

当然，老妈偶尔也会犯点小错，有一次正忙得脚打后脑勺，老妈打电话来，要我回家一趟，说她有点不舒服，于是我良心发现，匆忙打车赶回家。

老妈没想到我能回来得这么快，正端坐在床上啃苹果，大约是得意自己小小的计谋得逞，所以脸上有很深的笑意。听见我的开门声，老妈立即卧在床上假装很难受的样子，可是脸上的笑容却出卖了她。

我生气地对老妈嚷嚷："您都多大人了，还玩这么幼稚的游戏，您知不知道我很忙？还有很多事没做呢！"念老妈是初犯，所以只做了警告处分，下不为例。

老妈像一个犯了错误的小孩子，低着头，嘟囔了半天才小声说："我只是想看看你好不好。"

我愣在那儿，一句话说不出来。

我看着老妈，忽然觉得眼睛酸涩难抑，喉咙发紧。我很难过，父母老了，他们的生活和愿望都很简单，他们只希望儿女们过得好，希望能常常和我说几句话，知道我过得好不好，或者看我一眼就心满意足了。而我又做了什么呢？手心向上，无度索取，仿佛父母之爱取之不竭，甚至没有耐心静下来听听他们想要说什么。

我的眼睛渐渐潮湿起来，低着头，不敢看老妈。临走时，仍然说了那句："我还有事，有时间再来看您。"看来惯性思维真的很可怕，对父母说这句话已成了习惯，亏不亏心啊！在父母跟前，赖吃赖喝，要赖到底，吃饱了喝足了就踪影全无，全不顾及他们的感受。

忽然有一天，老妈打电话来，说老爸住院了，吓了我一跳，放下电话匆忙赶到医院，原来老爸是在医院做阑尾切除手术。老爸看到我来，笑道："你那么忙，来干吗？我没事的。"

我有点想哭的冲动，忙说："我不忙。"看着老爸已经霜白的鬓角，一向信奉无神论的我，忽然觉得应该谢天谢地，幸好只是一场阑尾手术，如果子欲养而亲不在，那是怎样的境地？那是心灵深处永远无法弥补的缺憾。

这件事给了我深深的触动，父母爱儿女，爱得简单而厚重；而儿女爱父母，爱得潦草而马虎。

我真的是全世界最忙的那个人吗？答案当然不是。让我们在还来得及的时候，为父母做他们想做的事儿，哪怕是一件。无论多忙，都要多拿出一点时间回家看看父母，或者给父母打个电话，报个平安。

欠你一个幸福

父亲老了，她上大学走了以后，父亲一个人在家，
常常对着满屋子的空寂和漫长得没有边际的时光发呆。
她终于知道，自己欠下了什么，她欠父亲一个幸福。

十六岁那年夏天，父亲用从来没有过的、略带羞涩的神态，结结巴巴地对她说："小蔷，我明天中午和朋友一起去吃饭，你要不要一起去？"她不屑一顾地甩甩头，说："饭有什么好吃的，我不去。"想想不对，父亲很少出去交际应酬，他的生活中差不多只有她，看他话里有话的样子，一定是隐瞒了什么事情。

她忍不住问："是男的还是女的？"父亲说是女的，她回头看父亲，眼睛瞪得像铜铃那么大。父亲在她审视的目光下，心虚地低下头。她笑，说："是相亲吧？"父亲说是，声音很小，像做了错事的孩子。

她的心情忽然就坏了起来，推说头疼，晚饭也没有吃，在房间里，把书本摔得砰砰响，父亲在门外问她："没事吧？"她说："有事，心里不舒服。"

那一宿她几乎没有睡，心中难过。母亲去世早，是父亲一个人把她带大，怕别人和她相处不来，所以一直没有再找。她和父亲生活在一起，尽管生活上有欲失，但却很快乐，她不希望有人打扰他们平静的幸福。

父亲给她买漂亮的花裙子，给她的小辫子扎上蝴蝶结，送她上学。父亲对她近乎溺爱，她要求的事，父亲都努力做到。

她对父亲的依赖近乎痴迷，有时候，明明能自己做的事情也不做，非要父亲帮忙。

有一次，是个下雨天，她在学校门口等父亲来接，等了很久父亲才来，她很生气，跟父亲耍小性子，赌气不理他。父亲便慌乱地解释说："路上塞车，所以晚了。"她哭："你就不会早点出门啊？"父亲说："可是我要上班啊！"她索性不讲理到底："你不会请假啊！"父亲的脸上露出了一丝苦笑，说："干脆爸爸不上班了，只陪小蔷。"她才破涕为笑。

想起往事，她无法不难过，父亲要去相亲，要和别的女人在一起，她不敢想那样的场景，再说一个人的爱怎么可以分两份呢？

第二天一大早，她对父亲说："昨晚我梦到妈妈了，我要去妈妈的墓上看看，你别管我了，你去相亲吧！"

父亲脸色苍白，说："小蔷，我陪你去吧！"

她绷着脸说："你没时间就不用去了，省得妈妈看见你添堵。"

父亲是个老实木讷、笨嘴笨舌的人，被她呛得说不出话来，脸色难看地立在那儿。她扭过头，吐了吐舌头偷笑。她知道父亲怕什么，她知道父亲的软肋在哪里，每次提起母亲，父亲就会缴械投降。

她的母亲是因为父亲才离开的。那时候父亲因为工作的原因，耳朵失聪，母亲陪他去医院看病，下大坡的时候，父亲蹲在路边系鞋带，背后来了一辆失控的大卡车，可是父亲听不到，母亲去路边采野菊，那是九月里，路边开满了迎风摇曳的野菊花。

母亲回头，看到这个情景，疯了一般往回跑，把父亲推倒在路边的水沟里，父亲得救了，母亲却从此离开了。

每次父亲讲这个故事给她听，两个人都会泪流满面，可是父亲就是不能停止，一次次地讲。

那次的相亲事件，父亲自然是中途退场，再也没有人提起。

十七岁那年秋天，父亲单位里新来了一个北方女人，长得高大健硕，一看就知道是一个勤快能干的女人，对父亲非常好。别人常常拿女人和父亲开玩笑，父亲也有些喜欢女人。

她又开始莫名其妙地生气，自己和自己过不去，那女人偶尔来家里，女人擅长做菜，色香味俱佳，可是她忍着不吃，她只吃父亲做的菜。偶尔看到父亲给那女人夹菜，她便摔了筷子扬长而去，全不顾及父亲的感受。不知为什么，她嫉妒那个女人嫉妒得都快疯了，她害怕父亲不要她了。

父亲碍于她，终于没能和那个女人走到一起，可是他因此很难过，常常一个人躲在走廊里吸烟。可是她却全然不顾父亲的感受，心花怒放地搂着父亲的脖子发表宣言："以后有我照顾你，何必让那样一个来历不明的女人来家里呢!"父亲的脸上是惨淡的笑。

她不知道自己说错了什么话。她一直以为自己会代替那个女人照顾父亲，那一段时间她对父亲特别好，只要在家里就下厨，笨手笨脚地给父亲做饭。

上大学以后，她终于还是抵挡不住青春的诱惑，开始谈恋爱，接受男生的鲜花和约会，那种甜蜜、心头如撞鹿一般的日子，给了她前所未有的冲击。

她想起了父亲，自己怎么可能代替相爱的伴侣，永远留在父亲的身边？自己怎么可能给他他想要的幸福？她第一次站在父亲的角度去思考问题，可是时间已经过去了十年。

父亲老了，她上大学走了以后，父亲一个人在家，常常对着满屋子的空寂和漫长得没有边际的时光发呆。

她终于知道，自己欠下了什么，她欠父亲一个幸福。

来自天国的小雪花

麦加咧开嘴笑了，这是冬天以来，他听到的最温暖最开心的话。

今天早晨，隔壁病房那个九岁的女孩走了。听说她和麦加得的是一样的病。她很瘦，很苍白，但很快乐，她说长大了要嫁给麦加哥哥，可是还不到一个星期，她就走了。

她的妈妈像疯了一样，呼天抢地，可能整个大楼里的人都听到了吧！

麦加想喝水，却忽然发现妈妈不见了。他下床四处寻找，看到妈妈躲在走廊拐角的地方，偷偷地用纸巾擦眼泪。麦加知道妈妈是怕自己看到，所以只能躲在病房外面偷偷地哭。

麦加一直以为，妈妈是这个世界上最坚强、最能干的人，她的胸膛最宽广，她的怀抱最温暖，所有的难题到了她手里都会迎刃而解，可是今天妈妈哭了，哭得很伤心。妈妈可能是想到他了吧？麦加心中有些难受，他不能带给妈妈快乐，却带给妈妈忧伤。如果，自己也像那个女孩一样，去了很远很远的地方，将来谁来照顾妈妈呢？

这个问题让麦加无比纠结。

没事的时候，麦加喜欢在床上玩手机，用手机上网，玩游戏，打电话。那天，他随手拨了一个号码，然后对着电话说：“爸爸，你怎么这么久不回家？我想你了。”电话那端，一个男人愣怔了一下，然后回他：“孩子，你打错电话了。”

挂了电话，他吐了一下舌头，心兀自有些跳，打电话骚扰人家，还恶作剧地叫一个陌生的男人爸爸，他是第一次干这种蠢事。妈妈说爸爸出差去了，其实麦加知道，自己没有爸爸，他出生没几天，爸爸就去世了。妈妈怕他自卑，所以对他撒了谎。他知道妈妈心里苦，所以假装不知道，可是假装这活儿，真的很辛苦。

麦加第二次给那个陌生的男人打电话，那个男人有些不耐烦，他说：“我都说了，我没有孩子，我还没有结婚，你一定是记错电话号码了。”放下电话，麦加有些抑郁，他想找个爸爸，看来这事挺难。

麦加第三次给那个陌生的男人打电话，不等他开口赶紧说：“爸爸，我生病了，住在医院里，你能来看看我吗？我想你。”电话那端犹豫了一下，然后问他住在哪家医院几号病房。

妈妈出去买了好多水果，头发上、大衣上还顶着好多小雪花儿，麦加把手机藏到枕头底下，抱怨道：“天那么冷，你出去干吗啊？冻感冒了怎么办？再说我也不喜欢吃水果。”他皱着眉头，假装很不耐烦，其实他是怕妈妈问他刚才给谁打电话了。

隔天，天晴了，阳光照射在雪地上，反射出耀眼的光。麦加倚在床头，等待吃药打针化疗，等待的间隙，他拿出手机准备给那个陌生的爸爸打电话，谁知这工夫，病房的门开了，一个陌生的男人和妈妈一起走进来。

他坐在病床边，摸着麦加的头，有些拘谨地说："儿子，听说你病了，我从外地赶回来看看你。你看看我给你带什么来了？"他手里拿了一个硕大的塑料袋，里面装满了各种书，童话书、漫画书、故事书……

那些书，麦加以前在学校旁边的书店里都看到过，他非常喜欢，好多次都想跟妈妈要钱买，可是家里只有妈妈一个人在赚钱养家，所以他一直没敢开口。猛然间看到这些书就摆在眼前，他的眼睛有些湿润，心中喜欢得不得了，摸摸这本，看看那本。

麦加跟妈妈说："你先出去，我跟爸爸说几句话。"妈妈摸了摸他的头，然后转身出去了。

其实，这个陌生的男人他认识。他在他们学校旁边开了一家书店，人长得帅，更重要的是心眼好，同学们去买书，他从来都是和颜悦色，大家都很喜欢他。要命的是，麦加认识他，可是他不认识麦加。

麦加想了想，对他说："我生病了，好的可能性不大，这个世界上，我最不放心的就是我妈妈。她看上去很坚强，其实她的内心很柔软，需要人照顾。我觉得你人好，想让你当我的爸爸，替我照顾我妈妈，可以吗？你考虑一下，别急着答应我。"

男人哽咽起来，他说："儿子，我答应你的要求，不过你也要答应我一件事儿，你一定要快点好起来，你妈妈可以没有我，但是却不能没有你。"

开书店的叔叔答应了麦加替他照顾妈妈，麦加很开心，可是不知为什么，他的眼中会有泪流出来。

他不错眼地看着窗外，一朵一朵的小雪花儿，晶莹剔透，漫天飞舞。模糊中，他听见妈妈跟人道歉："孩子不懂事，瞎胡闹，随意拨了一个电话号码，给你添麻烦了。"妈妈当然不知道真实的情况，这是麦加心中的秘密，麦加希望自己走后，妈妈能过得好一点，别太伤心。

那个开书店的叔叔说："你儿子很乖很懂事，我会常来照顾你们母子的。"

麦加咧开嘴笑了，这是冬天以来，他听到的最温暖最开心的话。

朋友是用来麻烦的

“朋友是用来麻烦的。”——每次想起这句话，他心中便会温暖如春。

两年前，因为操作失误，他苦心经营了好几年的小公司破产，一夜之间，他从一个让人艳羡的小老板变成了一个欠了一屁股债的穷光蛋，被债主追得到处跑，他像一只老鼠一样，灰头土脸，恨不能有个洞钻进去。

家当然是不敢回的，思来想去，唯一的出路就是去省城的朋友那儿躲一躲，等过了风头再说。他和朋友是发小，从小一起长大，关系当然是没得说。小时候，两个人有一次去海边玩，朋友不小心掉进水里，还是他喊人把朋友救上来的，这种交情应该算深厚了吧！

可是下了火车，他又有些犹豫了，多年没见，朋友还是原来的朋友吗？更何况，朋友已经结婚，就算他不嫌弃，他的妻子会不会嫌弃自己呢？

如今，连那些亲戚都不愿意收留自己，怕追债的人六亲不认，受到连累，朋友跟自己非亲非故，又有什么理由去麻烦人家呢？

他一念至此，心中灰暗。把口袋里仅有的钱翻出来，数了又数，最后在火车站附近找了一间最便宜的小旅馆住下。心中暗忖，暂且将就着，住几天算几天吧！

就在他心灰意冷的时候，想不到朋友竟然找来了。朋友一身的尘土和倦怠，有些生气地数落他："你真不够哥们儿，来省城也不找我，还得我到处找你。要不是你妈偷偷地给我打电话，我还不知道呢！"他低着头看着脚尖，小声嘟囔："我不是怕给你添麻烦吗？你看我现在，又穷又落魄，别人恐怕躲我都来不及呢！"

朋友在他的胸口上擂了一拳，说："你这个臭小子，还是改不了那倔脾气，朋友就是用来麻烦的，你不麻烦我麻烦谁呢？你不麻烦我，我才生气呢！"

那一刻，他千言万语哽在喉中，一句话都说不出来。只当全世界都抛弃了自己，却原来还有一个人深深地记挂着自己，并没有因为落魄而嫌弃自己。有这样的朋友，还能说什么呢？他只得乖乖地收拾行李跟着朋友去他家。

朋友的妻子依旧那么年轻，那么漂亮。她给他收拾了一间宽敞明亮的屋子，为他准备了可口的饭菜，还叮嘱他千万不要客气，当成自己家一样。他洗了澡，换了衣服，美美地睡了一觉。

之后，他调整好心态，在朋友的帮助下，到银行贷了款，抓住机遇，终于东山再起，不但还清了欠款，还有了安定的生活。

"朋友是用来麻烦的。"——每次想起这句话，他心中便会温暖如春。

多给亲人一些温情

缺乏温情是一种病，内心里极度渴望温暖，渴望关爱，渴望情感的交流，才会患上温情缺乏综合征。生活在红尘里，很多事情不是物质金钱所能替代和弥补的，适当放下手里的工作，放下不必要的应酬，多陪陪老人和孩子，让温情开成一朵生活里的花，散发出诱人的香味。

袅袅的咖啡香气，轻柔的背景音乐——这样温馨浪漫的氛围，居然没有冲淡她愤愤然的情绪，她终于忍不住开始抱怨："我怎么都想不明白，那个女孩究竟对我妈施了什么巫术，我妈跟中了邪似的，一下子买了她四张床垫，一张五千，四张就是两万块啊！"

她母亲我也认识，是一个和蔼可亲的老太太。单身，退休，老伴去世好多年了，一个人守着空房子，拒绝和女儿们住在一起，理由是怕给她们添麻烦。

我满腹狐疑："你妈可真有钱，只是买那么多床垫有什么用？不当吃不当穿的，一个人能用得了那么多？"她叹了口气："我妈那点退休工资够干什么用啊？都是跟我们姐妹几个要的钱，买三张以上，可以办理贵宾卡，所以我妈一下子买了四张床垫，我们三个女儿加上她自己，每人一张床垫，够酷吧？”

“你妈是不是被人忽悠了？”我犹犹豫豫地问她，没好意思说那个“骗”字。她摇了摇头说：“不是，我妈是自己心甘情愿买的，成了那家公司的贵宾会员以后，不但买床垫，他们家出了什么新产品，我妈都是第一个试用者，多贵都往家里买，没钱就跟我们要，怎么阻拦都拦不住，简直跟中了邪一样。家里整得仓库一般，买了很多没有用的东西。最可气的就是他们做产品推销的那个女孩子，有事没事就给我妈打电话，温言软语套近乎！陪我妈聊天，开心解闷，星期天陪我妈逛公园看风景，开碰碰车，坐木马，真亏她想得出，可谓用心良苦，她哪里是哄我妈开心，分明是哄我妈口袋里的钱。”

她像爆豆子一般，噼里啪啦说个不停，我却如醍醐灌顶，幡然醒悟：“我知道是怎么回事了，你妈患了一种现代都市人的流行病——温情缺乏综合征。”

她呆怔了一下，然后笑，笑得抑制不住：“你说我妈患了温情缺乏综合征？怎么可能？我妈有三个女儿，虽然我们姐妹三人没有多大作为，也不算很成功，但都还说得过去。平常给我妈买衣服、买食品、买药品，节假日的礼物从来没有少过，她怎么会患上温情缺乏综合征？不可能！”

我看着她激动得语无伦次的样子，轻轻把咖啡推到她面前，示意她冷静一下。她轻轻抿了一口咖啡，在舒缓的音乐中，慢慢平复下来。

她扭过头，看着窗外，良久，眼睛里渐渐升腾起氤氲的湿气："也许你说得对，我父亲去世多年，我妈一个人带着我们姐妹三人，上高中，读大学，工作，结婚，看着我们一个一个像燕子一样离开家，而她却一直坚守在那间老屋子里，一个人过着清冷孤独的日子，虽然我们也给她买吃的、买喝的、买衣服、买药品，但是我们却没有时间陪伴她。我们每个人都有自己的工作要做，都有自己的家要打理，都有自己的孩子要照顾，每天忙得像一只陀螺，不敢有丝毫的懈怠……"

我点点头。生活在大都市里的人，现代文明的侵蚀，看似热闹纷繁，其实每个人都觉得很孤独。钢筋水泥的墙壁，淡然隔膜的人际关系，残酷激烈的竞争，紧张繁忙的生活，常常让我们忽略身边的人，特别是老人和孩子，以为给他们买点好吃的，买点漂亮衣服，就是对他们的关心和爱。仔细想想，其实不然，他们更加渴望的是陪伴和沟通，是面对面的交流，哪怕在一起，什么都不说，什么都不做，知道有一个人在身边，心就会变得宁静平和。

朋友的母亲真的是那么喜欢床垫吗？喜欢到疯狂，喜欢到不顾实际情况，一下子买四张？显而易见，家居用品，再喜欢也用不了那么多。就像一个人再富有，一日不过三餐，晚上睡觉不过是三尺之床，多了也容不下，更何况朋友的母亲还没有富裕到那个地步，她只是喜欢推销女孩打的温情牌。

缺乏温情是一种病，内心里极度渴望温暖，渴望关爱，渴望情感的交流，才会患上温情缺乏综合征。生活在红尘里，很多事情不是物质金钱所能替代和弥补的，适当放下手里的工作，放下不必要的应酬，多陪陪老人和孩子，让温情开成一朵生活里的花，散发出诱人的香味。

时光河流上的一星灯火

时光的河流上，总会漂浮一些东西，远远近近的人与事，深深浅浅的悔与恨，像水草一样纠结、湮灭。唯有爱，一直镶嵌在记忆里，那是时光河流上的一星灯火。

时光像一只手，抚过的地方，就再也回不去了。

我常常想起父亲唱歌的样子。父亲不是一个喜欢唱歌的人，半生之中只听到过有限的几次。最近一次是在母亲生日的家宴上，父亲抱着麦克风，像一个孩子一样带着略微羞涩的笑，很响亮地唱了一首老歌。

我趴在椅子背上，歪着头看窗外满街流光溢彩的霓虹，听大家轮流唱歌，然后我听到了父亲的歌声。父亲的嗓音依旧如往昔，在我有限的记忆里反复寻觅之后，终于重新叠合。父亲的歌声说不上婉转动听，但总算不跑调，所以也说不上耳朵遭罪，好在父亲也不是什么音乐家，非要对受众的耳朵负责。父亲唱歌时的神态很投入，很专注，中气还算充沛，一个字一个字很清晰地吐出来。

望着父亲，岁月多么像一列火车，从进站开始，然后出发，中途或许会停下几分钟，或者一直到达终点。悠然间，父亲的两鬓已开始斑白，时间的手轻轻地抚着我们每一个人，从不偏颇，从不留情。从前的点点滴滴，忧伤的，快乐的，那些渐去渐远、边缘模糊的剪影，在心中轻轻泛起岁月的涟漪。

父亲喜欢的歌多是那个年代流行的，当然反反复复也就那么几首。父亲也会唱俄罗斯民歌，会吹箫，会拉二胡，那幽咽如诉的箫声更是难得一闻。

父亲曾经是一个军人，而且是一个天性倔强甚至有些内向的人。他的情感表达方式很特别，纵然你如火如冰般地宣泄着情感，而父亲只是静默，他不擅长表达情感，偶尔为之，也是笨拙和慌张的。

跟父亲正面吵过两次架，一次是因为我，另一次是因为别人，两次都把父亲气得不轻。父亲是那种看上去很冷，但内心里却很热的人，有时候也会说一些狠话。然而，我是他的女儿，我了解他是一个多么真诚善良的人，他内心的柔软是别人无从感知的。

用我童年时的视角看，他不是一个好父亲，小时候，他几乎从来没有陪我玩过，因为他总是有做不完的工作、忙不完的事情，总是无暇顾及我的感受，而且非常严厉。我很怕他。

我也不是很争气，人生两次非常重要的选择都令他非常失望，有一段时间，父亲甚至不理我，也不和我说话，可见他的内心对我的失望之深。我每每走在他跟前亦是蹑手蹑脚的，像猫一样。父亲偶有高兴的时候，也会唱歌或吹箫给我们听，那便是我们的节日，都是嬉笑着绕在他的身边的。

我也写过一些文章，但却从来没有写过父亲，哪怕是上学时最初的作文里，父亲都不曾在我的笔下出现过。不是我害怕触摸，而是在人生长长的岁月里，总有一些记忆会沉在岁月的底部。那些记忆，也像我儿时珍藏的一些宝贝，轻易不会拿出来示人。

又听到父亲的歌声，特别是父亲唱的怀旧老歌，让我有了轻微的错觉，仿佛时光倒流，重又回到那些无处可觅的岁月，那时候父亲年轻，而我还小。

夜深人静的时候，睡不着，我常常开始想念，想念父亲，想念母亲，甚至想念那个此时就睡在我身边的人，想念一些轻轻流走的岁月。不管岁月如何变迁，他们的爱在我的记忆里，一直在。如果可能，我真的想拉住岁月的手，可岁月根本不会为我停留，我只能看着父亲老去，而我自己也不再年轻。我唯一能做的，就是珍惜，珍惜跟亲人朋友相处的每一秒钟。

很多事不必说，唯有我自己知道，我是多么爱我的父亲，哪怕是争执的时候，哪怕是心碎的时候，唯爱，是我的生命。

时光的河流上，总会漂浮一些东西，远远近近的人与事，深深浅浅的悔与恨，像水草一样纠结、湮灭。唯有爱，一直镶嵌在记忆里，那是时光河流上的一星灯火。

最后一次温暖的定格

是琐碎的生活磨钝了我们的心吗？牵着母亲的手过马路，说一句我爱你，说一句谢谢，真的很难吗？答案当然不是。从今天开始，从现在开始，从此刻开始，把这些细节融入生活中，生活肯定会是一个全新的样子，不信你试试。

城市里有了轻轨，速度快而不颠，舒适干净，可是不知为什么，我还是喜欢电车慢悠悠地穿行在城市里，脸儿扭向车窗外，看着那些每天千篇一律的风景。

城市的一隅，有个修鞋摊子。那对乡下小夫妻，日日忙碌，脸上却永远挂着开心的笑容。电车旁边的人行道上，牵着手的小情侣，男孩不知说了一句什么，女孩脸上显现出似嗔似喜的表情。行色匆匆的人群，慢得像牛车的私家车，努力隐忍着不按响喇叭……

一幅画面忽然映入我的眼帘，一个年轻的女子牵着一个老太太的手过马路，老太太的脸上绽放出孩童一样纯真欣喜的笑容。

我看得呆了，内心里有温暖的东西慢慢滋生出来。

最后一次牵母亲的手过马路，是哪一年的事儿？在模糊的记忆里反复搜寻，那时候还小，怕把妈妈弄丢了，所以寸步不离地牵着母亲的手，母亲的脸上写满关爱与呵护。幸福就像那些充满氢气的气球，越飞越高。从什么时候开始，我撒开了母亲的手？母亲老了，去超市，去菜市场，总是一个人独来独往，等到没车的时候，一溜小跑穿过车水马龙的长阵。其实我应该一直牵着母亲的手，像母亲关爱与呵护小时候的我那样。

我想起了很多最后一次。

最后一次在父亲膝下撒娇是什么时候？是要新裙子还是那块奶油面包？哭得泪眼模糊，父亲摇头叹气，最后从伙食费里拿出钱买了那条奢侈的白裙子。倒是记得长大后，老是板着脸训父亲，这做得不对，那做得也不好，思维方式落伍，看问题的角度老土。其实偶尔在父亲面前撒撒娇，哪怕我们长大了，独立了，让父亲觉得他仍然被需要，让父亲觉得他的臂膀仍然坚实有力，我们需要他的支撑，又有什么不好？

最后一次跟爱人说谢谢是什么时候？那时候，盛世华年，初识爱恋的清新美丽，爱人说了一句赞美的话，都会回一句谢谢。经年之后，恋人变成了爱人，朝夕相对，耳鬓厮磨。爱人在厨房里忙碌，为你洗衣，为你烧饭，为你冷暖安危挂怀，可是这一切都变得天经地义，连一句谢谢都不肯轻易出口。

最后一次跟孩子玩耍嬉戏是什么时候？打沙包，跳格子，下跳棋，抢电脑，争电视频道，喧哗声能掀翻屋顶，那是什么时候的事情了？日子过着过着，就变成了一个面孔严肃的老夫子，生活里只剩下指责与批评。“说，为什么没完成作业？老师打电话来了。星期天不好好学习，玩电脑游戏，谁批准你玩儿了？”不知从什么时候开始，和孩子的关系变成了上下级的关系，脸上的表情僵化，很久不会笑了。

是琐碎的生活磨钝了我们的心吗？牵着母亲的手过马路，说一句我爱你，说一句谢谢，真的很难吗？答案当然不是。从今天开始，从现在开始，从此刻开始，把这些细节融入生活中，生活肯定会是一个全新的样子，不信你试试。

成全幸福

父亲的幸福就是给予我关爱，而我又能高高兴兴地接受，尽管成全别人的幸福很难，有时候需要说些违心的话，可是我有义务成全父亲的幸福，尽管父亲的那些幸福很小，很微不足道，但是成全父亲的小幸福，就是成全我自己的小幸福，何乐而不为呢？

周日回家，和母亲在房里说悄悄话。说到高兴处，情不自禁地乐出声，手舞足蹈。前仰后合之际，忽然瞥见父亲站在门边，怯怯地窥视我们幸福的模样。我停下来，问父亲：“有事吗？”父亲犹豫了一下，把握成拳头的手摊开来，掌心里有一只玻璃瓶，瓶上赫然写着“半夏糖浆”，父亲的脸上带着欣喜和讨好的笑容，笑得我一头雾水，忙问他：“买糖浆干吗？你感冒了？”

父亲一脸笑容慢慢收敛起来，讪讪地说：“是你上次回来，咳嗽个不停，抱怨现在的药房买不到老药，我跑了好几家药房才买到这瓶半夏糖浆。”我“哦”了一声，拍了一下脑门，想起来，好像是有这回事，于是对父亲说：“可是我现在感冒好了，不咳嗽了，糖浆用不上了，你先收起来吧!”

父亲亦不介意，转身出去了。顷刻又回来，手里托着一个精致的玻璃盘，里面盛满紫红色的杨梅，颗粒大而饱满。这种新鲜的杨梅，在我们北方是很少见的。小时候妈妈偶尔带我去商店里买杨梅罐头，因为一直没有尽兴地食用这种水果，所以，有一段时间，杨梅一直是我的最爱。

可是现在，我看见杨梅，忍不住皱起了眉头，条件反射般地满嘴酸水，胃忍不住开始痉挛。我一挥手，不小心打翻了父亲盛满杨梅的盘子，父亲有些吃惊地问我:“你怎么了? 小时候不是一直喜欢吃杨梅吗?”我忽然就笑了，那都是陈年旧账，现在我早就不喜欢杨梅了，一看到杨梅就想吐。父亲的脸上由惊讶转为失望，继而有些惭愧的样子，沉默地蹲下身，把地上的杨梅一颗一颗拾回盘子里，转身出去，又去拿湿毛巾把地上杨梅留下的汁液一点一点清理干净。

我看着父亲慢慢地做着这些事情，忽然就呆住了。父亲退休以后，就像换了一个人似的，刻意地做一些能让我和母亲高兴的事情，他开始关爱家人，关爱母亲。可是当初，他是一个多么倔强的人，从来都忽略我们的感受。每天忙工作，忙事业，一刻都不能停歇，家里很少能见到他的身影。偶尔在家里，也因为一些小事情和我们发生争吵，他的暴躁使我不敢靠近。

记得小时候有一次，也是因为感冒，我日夜不停地咳嗽。医生说再不抓紧时间治疗，就会转为肺炎。我非但不肯打针，也不肯吃药，父亲拿着那瓶糖浆坐在我身边，威逼利诱，僵持了一个多小时以后，我还是不肯就范。父亲忍无可忍，把那瓶糖浆狠狠地摔到地上，霎时，空气中流溢着甘草芬芳的气味。一地的玻璃碎片，四处流淌的浆水，我吓得哇哇大哭，身后是母亲和父亲嘈杂的争吵声，家里一片混乱。

我一直以为父亲是不爱我的，或者是不会爱，不会表达。那一晚，父亲躲在卧室里，晚饭也不肯出来吃，他专门为我而买的糖浆和杨梅都派不上用场，心中难免生出失望和寥落。

母亲给我形容父亲买药时的情景，那么热的天，怕热的父亲拿着扇子，一条街一条街地找，只因为我随口说了句“喜欢老药，治感冒的效果好”。父亲一下子买了好几瓶半夏糖浆，像捡到宝贝一样拿回家，放在古董架上，天天看，得意地对母亲说：“这种糖浆对女儿的咳嗽最管用！”可是，我那么不经意的一句话，就轻易地把父亲的幸福打回原形，可见我是多么残忍。

从那以后，不管父亲为我做什么，不管我需不需要，都会一律照单全收。比如父亲看到超市里的温度计打折，他便给我买了一支，尽管我的家里有好几支，但我还是无比欣喜地收下，而且不忘缀上一句：“你怎么知道我想去买呢！”父亲便得意地说：“知女莫若父啊！”比如父亲在街上偶然遇到我小时候喜欢吃的梨膏糖，便会买一大包，小心翼翼地放在冰箱里，等我回家去吃。我故意在父亲面前吃得津津有味，其实人长大了，早年的习惯早已改了很多，现在吃糖，会牙疼，不是享受，简直就是在遭罪。可是看到父亲的开心与满足，我怎么能说得出口？再比如，父亲出门旅行，记得我爱喝绿茶，就在茶乡买了一大包绿茶带给我。其实那些在旅游景点买的茶叶，除了馥郁香味，根本没有茶味，而父亲却像一个希望得到老师表扬的小学生一样，我怎么忍心打碎父亲的幸福?

父亲的幸福就是给予我关爱，而我又能高高兴兴地接受，尽管成全别人的幸福很难，有时候需要说些违心的话，可是我有义务成全父亲的幸福，尽管父亲的那些幸福很小，很微不足道，但是成全父亲的小幸福，就是成全我自己的小幸福，何乐而不为呢?

一滴泪是一片爱的海

一个男人的眼泪，是血，是金子，是尊严，那么轻易地刺中她心中最柔软的地方。她在他的背后，轻轻地抱住他，她在他的泪水中缴械投降。他的泪水是一颗真诚高贵的心，是一种无私的爱，是一片汪洋的海，她在这片爱的海洋中被浸泡得温软幸福。

他是她喜欢的那种男人，长得高大挺拔，为人豪爽大气，情深意长，从来不在家庭琐事中与她纠缠不休，所以他们很少吵架。他们是朋友们眼中的温馨情侣，是邻居们眼中的模范夫妻，是爸爸妈妈眼中的好儿女。

最初的日子，苦中有乐。他牵着她的手去海边散步，去林荫路上吹风，她愿意做他臂弯里的依人小鸟。他不会浪漫，很少跟她说什么甜言蜜语，可是在他身边，哪怕什么都不说，什么都不做，她就觉得很安心。

他工作很努力，常常早出晚归，他们买了属于自己的新房子，日子渐渐趋于平淡。

有一天中午，她正在公司里吃午饭，他打电话来，说晚上请她吃西餐。她惊讶地问他：“今天是什么日子？”

他笑，说：“来了，你就知道了。”

她亦笑，却怎么也想不起那天是什么日子，结婚纪念日？生日？好像都不是。再说，婚后这两年，每年的生日、结婚纪念日，他们只是回家，在自己的家里吃上一碗两个人一起做的面条，不浪漫，但却很幸福。

下了班，她直奔那家西餐厅。婚前，两个人曾经一起去过，仿佛很遥远的事了。现在想起来，笑意不禁悄悄爬到脸上。那个时候，他不会吃西餐，找了西餐礼仪方面的书，现学现卖。他笨拙地拿着叉子，叉起一块牛排，还没有送到嘴边，竟然掉到鞋上，他窘得脸上起了红云。从此任她怎么说，他都不再去那种地方吃饭。逼得急了，他说：“我只是一个卖豆腐的女人的儿子，这辈子，我只怕都学不会吃那东西。不像你，生来就是做小资女人的。”

那时候，她为他这句话生气，气得很久都不理他。

在西餐厅里见到他，她调皮地问他：“今天是什么日子，怎么想起吃西餐了？”他说：“先吃饭，先吃饭，吃了饭再说。”

看着他还叫了红酒，她忍住了心中所有的疑问，埋头吃东西，心想：这家伙在搞什么花样呢？

她不问，他却忍不住，拉住她手，说：“素衣，我想了很久，想把妈妈接过来和我们一起住，我们现在有了自己的房子，经济也宽裕了……”

她噌的一下站起来，差点带翻了身后的椅子。她有些不悦地说：“结婚以前，我们是有过协议的，结婚以后，不和双方的老人一起过，单独享受二人世界。这才几天，你就食言？你把你妈接来，我把我妈也接来，我们这哪是二人世界啊？根本就是养老院，让我们过几天清净日子好不好？你觉得我们没有尽到儿女的孝心，我们多给钱不就行了吗？”

他忽然恼怒起来，说：“你就知道钱钱钱！”

安静的西餐厅里，惊雷一样的响声，很多人忍不住回头看。

她负气地抓起椅子上的手袋，头都不回地跑出去。

那天晚上，她睡在书房里，任他怎么敲门也不开。早晨起床，睡眼惺忪地打开门，发现他竟然搬了一张行军小床挡在门口，怕她早起悄悄地溜去上班，看来一场恶战在所难免。

她做好了应战的准备，谁知他一把抓住她的手，她怎么甩都甩不掉，只能听他说。

他想了一下说：“你的心思我全明白，我何尝又不想跟你过二人世界呢？可是，我一想到我妈，我心里就难受。你知道，我从小没有父亲，是我妈一手把我拉扯大，供我上大学。我妈她一个女人，一年四季，起五更爬半夜，磨豆腐，卖豆腐。二九天，走街串巷，手脚冻得红肿一片，吃饭拿不住筷子，夜不能安寐，这一切都是为了我，为了我的学业，为了我能像一个城里人一样生活。而今，我有了妻子，有了房子，在城里立稳了脚跟，而我的母亲还在乡下受苦，我心里不好受。”说到后来，他的声音开始发抖。他转向窗口的方向，不肯回过头来。

她的心轰然而动，这是她第一次看到他流泪，为了他的母亲。

当初，他们一起在城市里奔波。找不到合适的工作，口袋里只剩下十几块钱，却要过一个星期。那时候，他们每天分享一个干硬的烧饼，就着白水，她早已是泪眼婆娑，可是他却笑着拍她的头，安慰她，说日子总会好起来的。后来，他去了一家建筑公司，学工民建的他，只能在那种灰尘四起的地方工作。有一次不小心，竟然被一块高空中落下来的砖头砸伤了脚，血肉模糊成一片，看到他一瘸一拐的，脚上缠满了白花花的绷带，像个战场上下来的伤兵，她的心缩成一团，眼泪不听话地流下来。他却自嘲地说："你看看我是不是很没用？连块砖头都和我作对。"

他的脚稍好一些，就在厨房里一蹦一蹦，为她准备晚餐。她下班回来，看到他的样子，一句话都说不出来。他却笑，说："一只脚蹦来蹦去的大厨很少吧？我是不是可以去申请吉尼斯世界纪录？"

很多时候，她看到的，都是他微笑幽默调侃的一面。他的人生格言是"笑对生活"。可是谁说男人流血流汗不流泪？

一个男人的眼泪，是血，是金子，是尊严，那么轻易地刺中她心中最柔软的地方。她在他的背后，轻轻地抱住他，她在他的泪水中缴械投降。他的泪水是一颗真诚高贵的心，是一种无私的爱，是一片汪洋的海，她在这片爱的海洋中被浸泡得温软幸福。

温暖的三叶草

真的要感谢这盆小小的三叶草，带给他温暖和好运，令他改变了主意，善恶往往只在一念间。

想不到会在那样一种境况之下遇到她。

那几天，他一直在街上溜达，遇到过去在酒桌上称兄道弟的朋友，几乎如出一辙地躲躲闪闪，避他而去。看来钱是借不到了，他只好收拾东西，重新住回到地下室里，再也没有心情弹弦弄曲，更没有心情轻轻浅浅地唱《月半弯》，那些风花雪月必须建立在一定的物质基础之上。

因为不爱待在阴冷潮湿的地下室里，所以大半时间他都在街上溜达，去人才市场的角落里伺机而动，甚至去野广告亭瞎转悠，实在饿得不行了，就混进街边的小吃店，狼吞虎咽地吃上一碗面条，或啃上两个包子。吃完了抹抹嘴，故作惊慌地尖叫："天啊，我钱包不见了，谁偷了我的钱包？"小店的老板看他衣着体面，不像撒谎的样子，就相信了他。他感激涕零地说："回头一定把钱如数奉还。"他说的是真心话，只是此时不比往时，手里的钱被一个朋友骗光了，心有余，而力不足。

这样的日子过了几个月，他在周围的几条街成了名人，那些小食店的老板看见他来了，就准备好笤帚往外赶。他苦苦地哀求：“赊账吧，回头等我有钱了，一并奉还。”可是没有人相信他的话，看见他，照旧毫不留情地往外轰。

他的文凭真的不足以令他谋到一份体面的工作，那些凭力气赚钱之类的工作他又看不上眼，总想弄点本钱东山再起，可是又没有人肯借给他。就这样耗了好几个月，就有些山穷水尽的意味了。

那天，他在街上，肚子又唱空城计。他不管不顾地钻进一家小食店，想如法炮制先混饱肚子再说。小店不大，但很干净。他一进店，目光便落在窗台上一盆小小的三叶草上，那些绿绿的三叶草，开满淡粉的小花儿，生趣盎然。

他一边吃着面条，一边看着那盆开花儿的草，等吃完了，他又故技重演，把衣服所有的口袋翻了一遍，然后对小服务员说：“我的钱包被人偷了，没钱结账，我回家去拿。”

小服务员不屑地说：“你这样的我看多了，骗吃骗喝，回家去拿？走了你还能再回来啊？”趁他不备，小服务员一把抓住他的胳膊，对着厨房高喊：“老板娘，逮着一个骗吃骗喝的小子，你快来啊！”

小服务员疯了一样，死死抓住他的胳膊，他挣脱不开。一会儿工夫，从后厨走出来一个年轻的女子，对小服务员吆喝：“小翠，放手，客人怎么会赖你那几个小钱？”

他的脸一下子红了，他认得那个年轻的女子，她是他以前的女朋友。一年前，两个人在朋友聚会上吵了起来，他因醉了酒，说女子都爱慕虚荣。朋友起哄，问他：“你女朋友也是吗？”他借着酒劲儿，肆无忌惮地说：“当然，如果我没钱，这么漂亮的女子，怎么会看上我？”

没想到，这句话深深地伤了她，从此别过，再无交集。

想不到今天落到了她的手上。他盯着窗台上那盆三叶草，抱着视死如归的心情，等着她羞辱自己。

谁知她并没有那么做，也没有问他为何落魄到这般田地，只是浅浅地笑着问他：“喜欢那盆三叶草吗？送给你吧？！”

她去厨房找到一个塑料袋，把那盆开花儿的草装进去，然后递给他。

他走出店门，才长长地松了一口气，抱着那盆三叶草回地下室。当他把那盆小小的开花儿的草拿出来的时候才发现，塑料袋里有一张字条，卷着一千块钱。

他打开字条，上面写了一行小字：看样子你过得不是很如意，千万别干傻事。这点钱够你维持一阵子，或者买张回家的车票。这盆会开花儿的草叫三叶草，也叫苜蓿，会给你带去幸福和好运！

看着那张字条，他的眼睛里渐渐积满泪水。如果不是这盆三叶草，也许他会做点什么，比如伺机对晚间下班的单身女人下手，他的人生也许会进入另外一个轨道。真的要感谢这盆小小的三叶草，带给他温暖和好运，令他改变了主意，善恶往往只在一念间。

送你一片小小的晴空

一个大男人打着一把小小的儿童用的伞，裹挟在人流里，显得很滑稽，可是他的心中却涨满前所未有的温暖，因为伞下那一小片晴空是儿子送给他的。

结婚几年，当激情变成漠然，他的心开始出现一个缺口。相对不语时，他的心中充满了疑问，这就是自己当初寻寻觅觅，自以为觅到的真爱吗？

她不再为他对镜梳妆，她不再为他忙前忙后，甚至根本忽视他的存在，而是全身心地照顾孩子，怕孩子冷，怕孩子饿，怕孩子发烧感冒，她把所有的爱和精力都转移到孩子的身上。

他的心中有了巨大的落差，是不再爱了吧？

心中那个缺口由最初的细缝，逐渐演变成一个巨大的豁口。他有了想逃跑的欲望，想从那个巨大的豁口突围。

于是，他开始和身边一个一直对他示好的女人频繁往来。

终于下决心离婚的那天，天空飘着小雨。

他回家，打算做个了断。拖得越久，伤口越疼。当断不断，反受其乱，所以他抱定决心，一定要把这段感情画上句号，不管她是哭，是闹，还是沉默，都要把这件事情做个了结，再拖下去，对自己、对她、对儿子都不好。

想到儿子，天真乖巧，大眼睛扑闪扑闪的样子，他的心忽的一下就沉下去了，有一种剥离的疼痛。孩子其实没有什么错，错的是大人，那么小的人儿却必须去承受由大人带给他的连锁反应，这对他公平吗？

推开那扇熟悉的家门，儿子小鸟一样扑过来，亲亲热热地拱进他的怀里，把小脸贴在他的脸上。以前，每次他用胡子扎他，他都会咯咯地笑；可是现在，此时，他没有心情。

看着她冷冰冰的、阴得像外面的天空的脸，还有那双充满敌意的眼睛，他什么心情都没有。

儿子当然不会注意到这些细微的变化，他嘻嘻地笑问："爸爸，妈妈说你出差了，去了很远很远的地方，再也不会回来了，妈妈骗人是不是？"儿子固执地等着他点头，他只好违心地点头。

孩子只有四岁，还不大懂得看大人的脸色行事，自顾自地说："爸爸，幼儿园里一个叫大象的小朋友老欺负我，他长得又高又大，像大象，所以我们都叫他大象，你帮我揍他好不好？"

他有些想笑，一个四岁的孩子遇到事情就想到用武力解决，这是男孩子的天性吧！他不知道该欣慰还是该担忧，看着儿子又说又笑的样子发呆。儿子又说："我们幼儿园里小胖的爸爸妈妈离婚了，小朋友们都不跟她玩儿，爸爸，什么叫离婚啊？"他张了张嘴，一句话说不出来，不知道该怎样跟孩子解释"离婚"这个词。

在心中酝酿了许久的关于离婚的话，他终于没有说出口，借口拿两件衣服转身走了。走到门口，他回头，看到她在抹眼泪。儿子手里擎了一把伞，仰着脸儿说：“爸爸，这是我去幼儿园时常用的伞，外面下雨了，把我的伞借给你用用，淋了雨会感冒的。”他想对孩子笑笑，可是却没有笑出来，一股暖流不知从哪里汹涌而来，冲击得他鼻腔发酸。

儿子趴在他的耳朵边上说：“我告诉你一个秘密，感冒就得吃药，那些苦药片可难吃了。”他拍了拍胸脯，对儿子说：“你放心，爸爸一定打你送的伞，不会感冒的。”

出了门，他真的撑开儿子的那把伞，红色的、小小的儿童用伞，尽管细细的雨丝把他的臂膀、后背都淋湿了，但他的头顶始终有一方小小的晴空。一个大男人打着一把小小的儿童用的伞，裹挟在人流里，显得很滑稽，可是他的心中却涨满前所未有的温暖，因为伞下那一小片晴空是儿子送给他的。

因为儿子，最终他没有选择离婚。

只动心，不动情

只动心，不动情，是一种品德，是一种修养，更是一种责任感。

只动心，不动情，是一种境界，也是一种美好的情愫。

一个年轻美丽的女子，非常喜欢一位作家的文章。他发表的每一篇文章，她都追着看，那些轻灵纯净的文字，那些忧伤美丽的情感都曾深深地打动过她。她常常暗自揣测，那是怎样一个男人？有如此细腻的文笔，有如此深刻的哲思，她对文字后面那个人产生了好奇。

后来，他们相遇了，在大海边上的一次笔会上。

她修长，美丽，常常低着头，像一株草。他儒雅，博学，常常侃侃而谈，像一棵树。她有些动心，与他的目光相遇时常常躲闪。两个人相见恨晚，谈人生，聊理想，想法合拍，心灵契合。那是怎样的一种心动？她无法说清。

她赤着脚在海边的沙滩上捡贝壳时，他甚至想在后面偷偷地吻她一下，然而，最终，他还是克制住了自己。罗敷有夫，使君有妇，要怪只能怪相遇时间不对。

这个美丽的故事，曾让我深为感动。滚滚红尘中，能够把持住自己，只动心，不动情，不是那么容易的事儿。

对别人动心，是不是对情感的亵渎？答案当然不是，动心未必动情，动心是一种美好情愫的自然流露，对任何美好的人、事、物，我们都会自然或不自然地动心。

生活在这个世界上，能让我们动心的人不多，但总会有那么几个，在生活中偶然出现的时候，情不自禁地动心了。

很多人可能都会有对异性动心的瞬间，比如一个干净的眼神，不经意间看过来，你的心咯噔一下，瞬间掉进时光的深潭；比如一个洒脱的身姿，不经意间映入你的眼帘，你的心悠回九转，跟着那个身影来回移动；比如一个关切的动作，一下子点燃了你内心的温情，你的心怦然而动，怎么都平静不下来。

人非草木，对异性动心，只是一个正常人最基本的生理反应，说明他荷尔蒙分泌正常。就像男人喜欢看美女，女人喜欢看帅哥，养养眼而已。爱美之心人皆有之，你能因为男人多看了几眼美女就把男人定性为色狼？还是能因为女人多看了几眼帅哥，就把女人定性为流氓？美好的人、事、物，不是只有你喜欢，我们大家都喜欢。

对异性动心，不代表对异性动情。如果你未嫁他未娶，动了情就可以顺理成章地在一起。可是，如果不巧的是，你已嫁，他已娶，动情就成了一件十分棘手的事情。在一起吗？大家都要切断原有的生活模式和已存的共同的社会关系，复杂到烦琐的程度，不是一两句话能说得清楚的，也不是三两个回合能摆平的。不在一起吧？那就成了一种煎熬，相思柔情纠缠不休，就像熊熊燃烧的森林，想用两瓢水就浇灭了，显然有些不切实际。

现实生活中，与异性交往，要把握好一个度，那就是只动心，不动情，不然会把好好的生活弄得一团糟。

围城内的男女，早已不再是单独的个体，也不再是某个单纯的角色，和社会、和家庭早已结下千丝万缕的联系，想要齐根剪断，不是不可能，但那需要有一颗多么“狠”的心。

好男人是窗外美丽的风景，好女人是天边美丽的流云，远远地观望和欣赏，那是对别人的尊重，也是对自己的尊重。

只动心，不动情，是一种品德，是一种修养，更是一种责任感。

只动心，不动情，是一种境界，也是一种美好的情愫。

送什么礼物给父母

其实常回家看看，什么都不用买，什么都不用带。父母盼望的不是你能带回什么奇珍异宝，不是你能带回什么山珍海味，父母盼望的就是你这个人能经常回家看看，你，就是最好的礼物，父母一定会高高兴兴地接纳你这个礼物的！

曾经看过一项调查：过年过节，父母最期待儿女们送什么礼物给他们。答案五花八门，有人选择经常提醒父母天冷加衣，有人选择经常跟父母通电话，有人选择陪父母出去旅游，甚至有人选择给父母一张专用卡，想买什么就买什么……

选什么的都有，唯独没有人选择经常陪父母一起吃饭。这就奇怪了，是因为从小到大跟父母在一起吃饭的次数太多了，所以吃饭已经变得无关紧要了吗？

有一个人，年纪轻轻，便已是事业有成。前段时间送给父母一件礼物，让大家艳羡不已——一套价值两百万的房子，他说："我小的时候，我家很穷，几个人挤在一起，我一直到十岁之前还没有自己单独的房间。现在我有能力让父母住得宽敞一点，舒适一点，虽然我不能天天陪在父母身边，但是父母能幸福地安度晚年，是我最大的安慰。”

这无疑是所有人对幸福的理解：住得宽敞一点，吃得好一点，想干什么不会因为“钱”这个概念而受到制约，可能就是最大的幸福吧！

亲戚朋友们都夸这个年轻人孝顺懂事，可是他的父母却唉声叹气：“懂事是真懂事，孝顺也是真孝顺，可是我们住在这么大的房子里，却并没有觉得安逸，因为我们永远不知道他什么时候有时间，什么时候回家看看我们，和我们一起吃个饭。他永远是忙。我们也能理解，在外面做事不容易，可是上次，他爸爸犯了心脏病，幸好抢救及时，若就此一命呜呼，住再大的房子，手里有再多的钱，又有什么用，还不是要留遗憾在心里？”

我想起前段时间，朋友聚会时，大家讨论父母过生日，到底送什么礼物好。

现今社会，物质极大地丰富了，吃的、喝的、穿的、戴的，好像什么都不缺，所以每年父母过生日时，这份生日礼物着实费些思量。

有人说：“我给母亲买了护手霜，母亲每天在家里干的活最多，洗衣，做饭，洗碗，手变得粗糙不堪，所以我买了护手霜送给妈妈。”

也有人说：“我给父亲买了老花镜。我父亲的眼睛越来越糟，连报纸上的字都看不大清楚，所以我给父亲买了老花镜。平时可以读读书、看看报，老人家也能解解闷，打发时间。”

还有人不好意思地挠挠头，说："我什么都没买，每次都直接塞点钱给父母。"

尽管听上去大家的礼物各不相同，但总体感觉就是温馨、主题突出、暖意融融。坐在角落里一直没怎么说话的一个朋友突然说："每年我父母的生日，我什么礼物都不买，生活条件好了，家里什么都不缺，所以我没有买礼物。"

他的话，让大家面面相觑。安静了一小会儿，有人指责他："你也太抠了吧？买个小礼物能花多少钱？不缺吃不缺穿就可以心安理得什么礼物都不买？尽管每次父母都骂我乱花钱，但我知道，每次父母收到礼物，心里都特别高兴。父母生我们，养我们，一辈子不容易，礼物大小不限，礼物多少不拘，就是个心意，让父母知道，我们的心里一直是爱他们的。"

角落里的那个朋友大声说："我没有买礼物，是因为我每次都把自己当成最好的礼物，送回家去给父母看看！不管那一天有多忙，不管那一天在哪里，我都会赶回家里，陪父母吃一顿饭，聊聊天，让父母看看，我依旧健康，依旧阳光，让父母少一些牵挂，多一些安心。"

大家都不再出声，一下子安静下来。我想起那道很出名的亲情计算题，报纸上，杂志上，网络上，都曾有过这样的亲情计算：如果一个在异地工作的孩子，半年能回家探望父母一次，或者一年能回家探望父母一次，和父母在余生还能见上几次。每一次想起这道亲情计算题，心情都会莫名地忧伤起来，仿佛离别在即。

有的人，即使住得离家很近，也常常因为各种理由，比如工作忙、事情多、心里烦等一些小由头就不回家了。打一个电话问候一下，就心安理得地自己找乐去了，根本不能体会父母在家里望穿秋水的那种心情。

其实常回家看看，什么都不用买，什么都不用带，父母盼望的不是你能带回什么奇珍异宝，不是你能带回什么山珍海味，父母盼望的就是你这个人能经常回家看看，你，就是最好的礼物，父母一定会高高兴兴地接纳你这个礼物的！

第二章
化蝶的美丽与疼痛

青春有时候是一只毛毛虫，只有把成长的阵痛全部都消化掉，才可能完成最终化茧成蝶的过程，长出美丽的羽翼。

成长为一只美丽的蝴蝶，需要一位母亲不停地努力和付出。

母亲的天空有朵七彩的云

每一个母亲的天空，都有一朵七彩的云，这朵云会随着孩子的成长而变换出不同的颜色。当孩子在成长的过程中，取得一点进步、取得一点成绩的时候，这朵云是玫瑰色的，美丽，温暖，释放出来的雨是欣喜和骄傲的。当孩子在成长的过程中，遭遇困境、遭遇挫折的时候，这朵云是铅灰色的，凝重，沉痛，释放出来的雨是心疼和关切的。

每一个孩子都是一朵七彩的云，在母亲的天空中自由翱翔。这朵云无论是好还是坏，每一次风云际会，都会深深地牵动母亲的心。

一个患有自闭症的孩子的母亲，天空的那朵云无疑是灰色的。孩子十来岁了，仍然不会与人交流，孤独、自闭、失语，有时候甚至还会有攻击行为。所有人都劝这位母亲："放弃吧，再生养一个健康的！"就连孩子的父亲在希望破灭之后，也远走他乡。唯有她，一个母亲，还在做着最后的努力，多方奔走，四处求医。她说：

“只要我还有一口气，我就不能放弃，这是我的孩子。”

一个游子的母亲，天空的那朵云无疑是绿色的。孩子求学工作在他乡，走多远，母亲的心就跟着走多远。那几年，妹妹在异乡求学，母亲每晚守在电视机前，等着看天气预报。天气好的时候，母亲的眉头是舒展的。如果有暴风雨，母亲的眉头便皱成了山川河流。有时候还会打长途电话，只为提醒她加衣。母亲常说的一句话是:“儿行千里母担忧。”母亲给儿女的爱永远最多。

一个努力向上的孩子的母亲，天空的那朵云是玫瑰色的。邻家女孩，今年高三，马上面临高考。她窗口的灯光每晚都是十二点以后才熄灭的。常常在楼道里遇到女孩的母亲，她的手里不是提着水果，就是拎着餐盒，都是给孩子准备的。为了节省时间，让孩子增加睡眠，她每天坐车数十里，把水果和餐盒送到学校。回家途中，让孩子在车上把晚餐解决掉。

每一个母亲的天空，都有一朵七彩的云，这朵云会随着孩子的成长而变换出不同的颜色。当孩子在成长的过程中，取得一点进步、取得一点成绩的时候，这朵云是玫瑰色的，美丽，温暖，释放出来的雨是欣喜和骄傲的。当孩子在成长的过程中，遭遇困境、遭遇挫折的时候，这朵云是铅灰色的，凝重，沉痛，释放出来的雨是心疼和关切的。

无论这朵云是什么颜色的，母亲的天空永远是接纳的姿态，从不会放弃，你见过哪朵云，游离到天空之外?

有些爱，我们挥霍不起

她的眼泪忍不住落了下来。有些爱，我们挥霍不起，也无权挥霍。

那年的暑假，很多同学都没有回家，而是参加学校里搞的暑期社会实践活动。女孩也报名参加了，去贫困山区的希望小学，同那里的老师和孩子一起生活一个月。

临行前，她给父亲打电话，父亲说：“你安心去吧，我和你妈在家里挺好的。”

父亲是一家国营老厂的科长，没有什么大本事，也不会说什么大道理，为人敦厚老实，虽然挣钱不多，但有一份稳定的收入，所以也算衣食无忧。

两天之后，她收到父亲给她寄来的一千元钱。和宿舍里的姐妹们相比，不算很多，但她还是一下子拿出两百元，请宿舍里的小姐妹去吃饭。这是宿舍里的规矩。

从肯德基出来的时候，已近傍晚，街上车如流水、人声喧哗。回宿舍的路上，几个女孩像小鸟一样叽叽喳喳。一转头，女孩忽然发现一个腿有残疾的中年男人跟在身后。原来，他是一个捡废品的，等着捡她们手中的饮料瓶。

女孩不耐烦地看了他一眼，说："你别跟着我们行不行？"男人脸上露出谦卑讨好的笑，眼睛贪婪地盯着她手中的饮料瓶。

她鄙夷地看了他一眼，把手中还有几口饮料的瓶子丢给那个男人。男人说："不着急，等你喝完了把瓶子给我就可以了。"她厌恶地皱着眉头说："我不喝了，麻烦你别跟着我们，以后也别在大街上乱逛，像你这样的人简直影响市容！"

男人并没有计较她说话的语气和态度，捡起那瓶没有喝完的饮料说："白扔了太可惜了，你们这帮孩子这样糟蹋好东西，简直伤天害理。"他用衣袖擦了一下饮料瓶，递给她。她不屑地白了他一眼，说："这么脏的东西，你留着喝吧！"他当真喝了起来。

看着他仰着脖子喝饮料，像几年没吃东西似的，女孩忍不住把准备带回去作晚餐的汉堡一并扔到他捡废品用的袋子里。男人红了脸，结结巴巴、语不成句地说："我是捡破烂的，但我不是要饭的，我靠回收废品旧物供女儿上大学，不丢人。我女儿念的是北大，和你们一般大，一直都是我用收废品的钱供她念的大学，她明年还准备考研究生呢！"

说到女儿，他的脸上瞬间灿烂了起来，透着自豪的神情。是的，他有那么优秀的女儿，他有足够骄傲的资本。

女孩低着头不出声，她的内心受到前所未有的触动和震撼。是的，捡破烂、收废品并不丢人，丢人的是自己，拿着父亲的钱，心安理得地和同学们比吃比喝，比穿比戴。自己的父亲也会像眼前这个男人一样以自己为荣吗？她从来没有想过这个问题，只有要钱的时候，才会给父亲打电话。

男人走的时候，又回头说："如果你们爱你们的父母，就别太浪费了，节省一点，你们的父母在家里就可以宽裕一点，因为你们花的钱都是从父母手里拿的，你们没有资格浪费。"

她低下头，几个女孩都不再言语了。

暑期社会实践活动结束后，她绕路回家看望父母。下了火车，她看见一个中年男人背了一捆废品，吃力地往前走，她扬起手中一个刚刚喝完水的矿泉水瓶子，对中年男人说："我这里有一个空瓶子，送给你了。"

男人说："谢谢！"回过头来抹了一把汗，冲她露出笑容。她呆住了，这样宽厚温暖的笑容，这样低沉磁性的声音，这不是父亲吗？

一次次给父亲打电话，父亲在电话里说："我在家里挺好的，你该吃就吃，该花就花，别委屈了自己。好好念书，没有钱了记着打电话告诉我。"

父亲每次打电话都说他在家里挺好的，如不是亲眼所见，她真的以为父亲在家里挺好的。后来她才知道，其实父亲所在的那家国营老厂因改制分流，职工大多下了岗。父亲也不例外，他两年前就下岗了。每次她回家，父亲都假装拿着母亲给准备的饭盒出门，为的只是能让她安心读书。

而她呢？这两年除了念书，用父亲捡废品换来的钱，跟宿舍里的姐妹轮流请吃饭、比奢侈。不爱吃的东西，扔掉；不爱穿的衣服，扔掉；不爱用的书本，扔掉；一起扔掉的还有尊严和一种叫"爱"的东西。怎么就没有想想，那些衣服、那些饮料、那些化妆品，要父亲捡多少个瓶子才能换回来？

她的眼泪忍不住落了下来。有些爱，我们挥霍不起，也无权挥霍。

跌落一地的尊严

乞丐也有尊严，跌落一地的自尊，是为了换取一个男人做父亲的尊严。

他是一个父亲，一个六岁男孩的父亲。他做梦也不会想到，自己竟然会沦落为一个沿街乞讨、渴求怜悯的人。街还是那条街，与往昔没有什么不同，人如流水车如游龙，热闹而且繁华。

他把一张硬纸板立在纸箱旁边，上面写着：好心人，求你救救我的儿子，他还那么小，生命还没来得及绽放，可是他患了白血病，需要很多钱，需要好心人的帮助。

他低着头，一声不吭，不敢看街上匆匆的行人，觉得自己比别人矮一头，心扑腾扑腾地狂跳，像做了坏事一般。

一整天过去了，他在街角蹲得腿脚发麻，也没有人给过他一毛钱，抬头看看天，满天繁星闪烁。他拍了拍身上的尘土，提着空纸箱和硬纸板，抚着一天没有吃东西、饿得咕咕叫的肚子，仓皇离去。

第二天，他改变了策略，把他以前参加抗洪抢险荣立二等战功的奖牌带上，又拿着空纸箱和硬纸板去了那条繁华的商业街。他开始像小商贩那样大声吆喝："请帮帮我儿子，他患了白血病，需要钱移植骨髓。"

他一遍又一遍地吆喝着，眼睛里的泪强忍着没有掉下来，直到嗓子嘶哑也不肯停下来。

渐渐地聚拢过来一些人，他艰难地说："请伸出你的手，帮我一把，我儿子需要钱治病，多少都可以。一块两块我不嫌少，谁给我捐钱，我给谁磕头。"

一个慈眉善目、戴着眼镜的大妈走过来说："小伙子啊，你不缺胳膊也不缺腿的，怎么不学好啊？一个大男人蹲在街上要钱，有那工夫还不如打工干活，赚点饭钱不成问题吧？干吗想歪道？人要活得堂堂正正才对得起父母，对得起自己！走吧走吧，以后别再干这种事情了，好好的，干吗诅咒自己的儿子，你缺德不缺德？"

大妈的话，让他觉得像吃了辣椒一样，脸上火辣辣地发烧，自尊哗啦一下跌落到地上，但他还是解释说："我不是咒自己的孩子，他真的病了，需要钱移植骨髓，我不是想骗大家，我说的是真的。以前我在广州打工，如果不是儿子病了，我不会回来的……"

他越解释，越引起别人的反感，一个老大爷说："报纸上都说了，像你们这些职业乞丐，年收入都多少万，拿着别人的同情心和爱心大发不义之财，你们的良心都让狗吃了？"

他的脸紫胀得比猪肝还难看，还没有来得及说什么，一个小伙子一步蹿到他身边，飞起一脚把纸箱和纸板踢出去老远，嘴里嘟囔着：“拿这么大一个纸箱要钱，你还要不要脸？别以为谁都是傻子。”

屈辱终于让这个七尺男儿的眼泪掉出来。他默默地把纸箱和硬纸板捡回来放好，然后从口袋里掏出曾经荣立二等战功的奖牌给大家看，他说：“我真的不是骗子，我曾经也为国家为人民做过有益的事情。看在这枚奖牌的面子上，帮帮我，不到万不得已，我是不会走这一步的。”

人群静默了一刻钟，忽然有人跳出来说：“谁知道你这枚奖牌是在哪个破烂市场淘来的，别唬我们了，快点走吧，别在这儿丢人现眼！”

是的，报纸上几乎天天有揭穿骗子骗人的把戏的，人们听得多了，看得多了，心渐渐变得麻木起来。人们再也不会轻易去相信一个人，怕吃亏，怕摔跟头，怕自己的好心换来恶报。

就在他快绝望的时候，一个二十多岁的女孩给他捐了十块钱，当时他扑通一声，当街跪在女孩面前。这是几天以来，第一次有人伸出援助之手。他语不成句地说：“谢……谢！谢……谢！”女孩说：“我相信你。”

轻轻的一句话，一股暖流涌进他的心窝。那么平常、那么不起眼的一句话，让他此刻得到前所未有的安慰和底气，世上还是好人多，看来儿子有救了。

那之后不断有人给他捐款，乞讨生涯过了好多天，离那个救儿子命的天文数字还是相差甚远，好心人捐助的一点钱无疑是杯水车薪。

最后他向红十字会申请帮助，结果有人定向捐助了一笔钱给他，帮他的儿子做了骨髓移植手术。之后，他一边打工赚钱，一边在做义工，回报那些需要帮助的人。

乞丐也有尊严，跌落一地的自尊，是为了换取一个男人做父亲的尊严。

收藏幸福

每一件东西都有母亲的幸福和感念，因为挚爱，所以收藏；因为幸福，所以感念。

周末回家，赶上母亲在家里翻箱倒柜，折腾旧物。这一回，看来母亲是痛下决心，准备把家里的东西清理一遍。很多旧物翻出来，摆在床上和地下，像旧物市场的地摊。

我笑言："这些旧物摆在家里，又占地方又碍事，不如扔了干净些。"父亲说："这些可都是你妈的宝贝，一辈子了，没有攒下金，也没有攒下银，只有这些破破烂烂，是你妈的命根子。可别提那个扔字，你妈会跟你急！"

我逐一翻看。

很多旧照片。有外祖父的、外祖母的。外祖父身穿黑色长衫，头戴瓜皮帽，很帅；外祖母小脚，梳髻，慈眉善目，典型的旧式女人。有舅舅们的，我的舅舅们个个都会吹拉弹唱，穿着白色的长袖衬衫，眼睛里满是真诚的光芒，熠熠生辉；还有我们姐弟小时候的照片，纯真的笑脸，不是很合体的衣衫，像是借来的。无一例外的黑白照，像古董一样，泛着时光的痕迹。

很多的旧奖状。有我的，有弟弟的，有妹妹的，甚至还有父亲的。泛黄的奖状上，用毛笔添上名字，无一例外都是“三好学生”的奖状，唯有父亲的奖状是“先进工作者”。

那些我从来不放在心上的东西，却被母亲小心翼翼地收集在一起，压得平平整整。这其间无论是搬家还是发生别的什么事情，母亲从来没有丢弃过它们。在母亲的眼中，我们的荣誉，她无比珍惜，哪怕那荣誉那么小，像芝麻一样不起眼。

很多的旧衣服。小时候穿过的虎头鞋，戴过的红肚兜，睡过的荷花枕，母亲清理干净后，放上香樟片都收藏起来。猛然看到这些东西，心中一怔，念时光易逝，岁月带走了很多东西，唯有母亲给我们的爱，无须任何回报的爱，一直在。

很多的旧书旧粮票，甚至还有一方小小的砚台。小时候家中缺书少粮，唯有几本《毛主席语录》《雷锋日记》什么的，母亲都当宝贝一般珍藏着。粮食更是吃了上顿没下顿，偶尔家中做点好吃的，母亲总是说她不喜欢吃或吃饱了。

那时我们都很天真，以为母亲说的是真的，便肆无忌惮地放开来吃，全不顾及母亲。其实母亲是为了长身体的我们，宁愿自己少吃一口。

那方砚台不是太精致，边上还破损了一点点，是外祖父用过的。外祖父写得一手好毛笔字，逢年过节给乡里乡亲写对子，用的就是这方砚台。

母亲收藏的旧物很多，诸如我们用过的铅笔盒，简单的玩具，自家制作的风筝什么的，一件一件，母亲都珍藏着，像一个小小的博物馆。

每一件东西都有母亲的幸福和感念，因为挚爱，所以收藏；因为幸福，所以感念。

手心里的苹果

她以为这个世界上再也不会有人爱她了，却原来，她一直是父母的宝贝，一直是父母捧在手心里的那枚最珍爱的苹果。

七年前那个初春的晚上，她刚刚进入梦乡，就被一阵稀里哗啦的响声惊醒。她睁开眼睛，惊恐地看着家里发生的一切，满地碎片，一屋子的窒息，妈妈披头散发坐在沙发上掉眼泪，爸爸黑着脸一语不发。

爸爸自从做生意发财后，在家里就很少能看到他的影子，最近每次回来不是醉醺醺的，就是满身的香水味。有一次，妈妈郑重其事地问她："如果我跟你爸离婚，你跟谁过？"她瞪大眼睛，不认识似的看着她，冰冷地回敬她："如果你和爸爸离婚了，就不再是我妈妈，我也不再回这个家。"妈妈听了，轻轻地叹息一声，充满无奈。

妈妈是一个勤劳朴实善良的女人，在一家国营老厂做统计。因为她坚持不肯让他们离婚，妈妈只好试图改变自己，挽回爸爸的心。

有一天放学回来，她看见妈妈穿了难得一见的高跟鞋和漂亮的裙子，战战兢兢地走在巷子口。其实妈妈打扮一下还是挺漂亮的，可是妈妈却不习惯穿成这样。平常穿得很朴素，连口红都不抹。爸爸发财以后，妈妈还一直保留这个习惯。

爸爸回来以后，妈妈总是做他爱吃的菜，买他喜欢喝的酒，可是就是看不到爸爸的笑脸，有一次爸爸甚至还把一个妖艳的女人带回家里。

妈妈终于忍无可忍，向爸爸提出离婚。爸爸悠闲地吸着烟，说："如果跟我离婚了，你和女儿别想从我这里拿到一毛钱。"

她冲过去，在爸爸的胳膊上狠狠地咬了一口，如果不是妈妈生生把她拖开，她可能会把爸爸胳膊上的肉咬掉一块。那时候，她只有十四岁，不知道哪里来的勇气和力量。

两个月之后，爸爸和妈妈真的离婚了，一向春风满面的父亲忽然就变得垂头丧气。母亲也越来越沉默，每天去接她上学放学。她和妈妈在老城区租了一间小房子，房主是一个姓林的男人，独身带一个三四岁的男孩生活。

妈妈让她叫他林叔叔。他待人和气，说话轻声细语，对她们也很照顾。有时候家里灯泡坏了，自来水龙头坏了，都是他过来帮忙修好，偶尔还会买个小礼物送给她。有时候妈妈没来得及买菜，他会把自己做好的饭菜端给她们吃。

别人都说林叔叔对妈妈有意思，她不知道是不是真的。有一天妈妈问她："如果咱们和林叔叔在一起生活，你有没有意见？"她无所谓地耸耸肩，说："随便你，只要你喜欢，我怎么样都行。"

其实她心里不是这样想的，她恨爸爸也恨妈妈。爸爸发财之后，义无反顾地投进别的女人的怀抱，而妈妈为了自己幸福竟然想另嫁，全然不顾及她的感受。她坐在街心花园的树影下，看着天边扑棱棱飞过的鸽子发呆，想着什么时候自己能长大。

家里没人的时候，她总是挑衅，欺负林叔叔家的小弟弟，弄坏他的玩具，去妈妈那里诬告林叔叔偷看她洗澡。妈妈听了，脸色铁青地站在那里，咬住嘴唇，一句话都没说。第二天妈妈就带她搬出了林叔叔的家。她的脸上露出久违的笑容。

生活再磨人，都会过去。转眼过了两年，有一天去书店回来，路过原来的家，她忽然很想去看看爸爸，不知道他现在怎么样了，被她咬过的那只胳膊是不是留下了疤痕。

进了熟悉的院落，敲响熟悉的房门，开门的竟是一个人到中年踌躇满志的胖子。她惊讶地看着他。他问："你找谁？"她嗫嚅着说了爸爸的名字，他张扬地笑，说："那个倒霉蛋啊，早破产了，被债主追得到处跑，现在是不是还活着都难说，两年前他就把这房子卖给我了。"

她的脑袋里"嗡"一声炸了，不知道是怎么走出从前那个家的，只觉得阳光白花花的，耀得眼睛生疼，有股气在胸腔回流。她一直以为自己是被父母抛弃的可怜虫，她一直以为他们是不爱自己的。她怎么也不会知道原来爸爸妈妈所做的一切都是为了她。

两年前，爸爸说"如果跟我离婚了，你和女儿别想从我这里拿到一毛钱"，其实这句话的潜台词是"我没有钱我只有债务"，可是她哪里听得懂，固执地认为他喜新厌旧，背叛了她和妈妈。原来他是不忍牵连她们，独自背着债务这个大包袱。还有妈妈，那么傻，她一句谎言就骗得她离开了林叔叔。

她一边走一边流泪。她一直以为自己是被父母，是被上帝遗弃了的那枚苹果，觉得命运不公，觉得心有不甘，所以偏执、任性、自私、妄为……她以为这个世界上再也不会有人爱她了，却原来，她一直是父母的宝贝，一直是父母捧在手心里的那枚最珍爱的苹果。

迎接失败的英雄

很多时候，失败并不可怕，正是因为失败，才积累了足够的人生经验和教训，才会有腾飞的机会。可怕的是失败之后永远趴在地上，可怕的是失败之后不能逾越自己。

她是一个女人，一个离了婚的单身女人，经历了下岗、离异、贫穷之后，独自带着一个孩子生活，努力地为孩子支撑起一个破碎的家。

离婚之后，家里除了一台钢琴就什么都没有了，而孩子偏偏对钢琴对音乐有着深深的迷恋和超强的天赋，这可难坏了她，她既不懂音乐也没有钱，很多人都劝她放弃，可是她却偏偏执拗地说不。

是谁说过，学钢琴是有钱人的专利，面对每个月一大笔的费用，她除了正常的上班外，下班以后也要拼命地打工赚钱。为了赚钱，她干过很多种工作，别人的休息日，对于她来说却是体力与精力的双重考验。

婚姻的失败对于一个女人来说，无疑是痛苦的，但她却没有时间和精力去慢慢地体验和玩味这种痛苦。对于她来说，还有比品味痛苦更重要的事情，那就是把儿子培养成钢琴家。

可以肯定，刚开始有多么艰难，也可以肯定，刚开始不是抱着必然成名成家的想法。只是，人生必须有一个目标，有了这个目标才会有动力。她对儿子说的最多的话就是："人不论是以什么样的身份活在这个世界上，都应该活出自己的人格和尊严。"正是基于这样的想法和初衷，她才会一步一个脚印，稳稳当当地行走于地面上。

她倾家中所有，买了往返的机票，让儿子去香港参加首届中国钢琴曲目比赛的决赛。儿子走后，她日夜守在电话机旁，等待初次出去征战的儿子胜利的消息。为了省钱，她跟儿子约定，比赛结束归来，她不去机场接他，因为机场到家里，打车需要一百块钱，而此时，她竟然连这样一张薄薄的钞票都拿不出来。

结果这次赛事中，儿子一个奖项都没有拿到，两手空空而归，挫败感可想而知。她得知消息后，临时改变主意，决定去机场迎接失败而归的儿子，这种时候，除了给予他信心和支持，再就是一个深深的拥抱，那是理解和信任。

说去就去，她花了一块钱坐公交车到机场附近，然后下车步行去机场候机大厅。那一段路程遥远而漫长。她走在高速路上，身边是飞奔而过的车流，有环卫工人骂她："不要命了？高速路是给车走的，不是给你走的……"

她哀求："我儿子比赛回来，我要去接他，可是我没钱坐车……"说到一个"钱"字，纵然是英雄也会气短，她的眼泪流下来。

她拼命地走，期待失败而归的儿子下飞机后第一眼就能看到她，给他一些安慰和鼓励。气喘吁吁地赶到机场，结果那天飞机晚点，她坐立不安地等待着儿子归来。

焦灼不安地等待了好几个小时，终于接到儿子，失败而归的儿子垂头丧气地走下飞机，意外地看到母亲等在大厅里，除了惊喜还有不安，因为他辜负了母亲的厚望。然而母亲却给了他理解和肯定，给了他一个深深的拥抱。她一句都没有责备孩子，因为她知道，失败归来也是英雄。

这是我国著名的青年钢琴家吴纯和他的母亲吴章鸿的故事。一个孩子的成长需要母亲付出太多的心血和汗水，需要母亲付出太多的爱护和智慧。正是她这样无条件的支持和给予，正是她这样无条件的纯粹的爱，使吴纯迅速成长为一个青年钢琴家，被国外的很多媒体誉为“来自中国的钢琴天才”。其实只有他自己懂得，所谓的天才，只是比别人付出更多的汗水和努力。

在电视上，看到吴章鸿女士深情讲述这一段的时候，我忍不住流下眼泪，因为我看到一个母亲对孩子的拳拳之心，殷殷期望。因为爱，因为一个母亲对孩子伟大的爱而创造了奇迹。

很多时候，失败并不可怕，正是因为失败，才积累了足够的人生经验和教训，才会有腾飞的机会。可怕的是失败之后永远趴在地上，可怕的是失败之后不能逾越自己。

唯有亲情不会老

悠长的时光里，天地之间，人会老，情会淡，唯有爱，永远不会老。

十四岁那年，小涵的母亲去世了，从此，她变得冷漠、孤僻、偏执。

老克做的饭，她总说夹生了，太难吃，然后把碗一推，自顾自地走了；老克做的菜，她总说咸了，然后看都不看他，就倒进垃圾桶里；老克带她出去玩儿，他知道她喜欢打枪，于是挖空心思托人带她去一个训练基地打靶子。

老克是军人出身，不用瞄准，手起枪落，正中靶心，姿势洒脱利落，甭提有多帅了。小时候小涵就特崇拜他，跟他亲多过于和妈妈亲。可是现在，小涵明明很快乐，却偏偏要跟他发脾气："枪有什么好打的啊，把耳朵都震聋了。"老克只好讪讪地收起枪，带她回家，一路上，谁都不说一句话。

老克带她去看化石展，她说："一些远古的石头，有什么好看的啊！"

老克带她去看印象派的画展，她说："都画了些什么啊？我就看不出美在哪里。"

小涵总会在老克快乐地蹿出小火苗的时候，任性地浇上一盆凉水，然后在旁边冷冷地看着，完全不顾及他的感受。

有一段时间，老师说她有音乐方面的天赋，老克就卖了父亲留给他的一处小房子，买了一架最好的钢琴安置在小小的客厅里。每晚喝茶，听她练琴。其实行伍出身的老克，对音律一窍不通，偏偏做出一副很欣赏很享受的样子，闭着眼睛喝着茶，听着小涵指尖下流淌出来的那些并不美妙的曲子。

有邻居找上门来，求他别再让小涵制造噪声了，他还脸红脖子粗地跟人争执："我女儿有音乐天赋，老师都这样说了，是你们不懂得欣赏罢了。现在听我女儿弹琴不收费，等将来，我女儿成了著名的音乐家，你们得买票，追着欣赏都来不及呢！"

邻居不好当面骂他神经病，但背地里，总有一些议论，说他脑子不大清楚，说他女儿根本不是那块料。

因为小涵，他经常早退，带爱生病的她跑医院。因为小涵，他经常迟到，安慰看守失恋闹腾着不想活了的她。因为小涵，他经常请假，去学校为她开家长会。如此种种，闹腾得他从来没有安生日子过。

一直到她结婚，她都是一个平凡的女子，然而，就是这个貌不出众、技不压人的丫头，老克却把她捧在手心里，当成宝贝一般。

他把小涵的手交给新郎那天，郑重其事地对新郎说："小涵交给你了，以后她的幸福与你有关，你要好好照顾她。"看到新郎点头，老克长长地舒了一口气，如释重负的样子。

都说女儿是父亲前世的情人，不知道这是不是真的，总之，老克像是欠了她的似的，他的存在仿佛就是为了爱她。

那天，小涵去汽贸中心办事，回来的时候，路过老克的家，她忽然很想回家看看。

上了楼，轻轻地推开门，听见老克在说话。小涵以为家里来了客人，可是静静地听了一会儿才发现，始终只有老克一个人的声音。她偷偷地从门缝往里瞅，看见老克站在书柜旁边，手里拿着妈妈的一张小照，一个人在自言自语。他说："梅，别挂念我，我挺好的，就是有些想你。小涵也挺好的，她有了宝宝，是我们的外孙，长得胖乎乎的，很可爱。你在那边挺好的吧？别怕孤单，过几年我去陪你，到时候，咱们还一起种花，吵架……"

小涵听不下去，眼泪霎时溢满眼眶。她曾严厉地指责过他，说他不爱妈妈，想不到十几年后，妈妈化作一个影子淡淡地滞留在她的心底，而他却还如此刻骨相思，究竟她和老克谁对妈妈的爱更深一些呢？

老克很明显老了，鬓边的头发白了，说话的底气也不像过去那么足，遇到什么事情总是很怯懦地征求她的意见。

他回头看到小涵，嗔怪道："怎么像猫一样轻手轻脚的，吓了我一跳。"

小涵故作喜气洋洋的样子说："我升了职，加了薪，想请你去我家里住一段时间。"老克把头摇得像拨浪鼓："不，我一个人习惯了，人多反而嫌吵。"小涵知道老克的话很违心，他是一个爱热闹的人，怎么会怕吵？他是怕给她添麻烦。

她只好不按常理出牌，死缠硬磨："实话跟您说吧！是宝宝需要人照顾，请外人我不放心。"

老克的脸上绽开如花一样的笑容，他最禁不起别人夸他，一听说女儿需要他的帮助，他立刻就拍了胸脯，说："没问题，只要有老爸在，你就不会有后顾之忧，放心吧！"

她拥住老克的肩，痴痴地傻笑，有父若此，还有何求？

悠长的时光里，天地之间，人会老，情会淡，唯有爱，永远不会老。

母爱永远不卑微

母亲用衣袖擦拭着落下来的泪水。他看着生命中两个至亲至爱的人拥在一起，感慨万千。是的，母亲只是一个小人物，但她的爱不比任何母亲逊色，她的爱永远不卑微。

大学毕业后，他爱上了一个漂亮而且时尚的女孩。和她结婚的时候，母亲没有来，她托一个进京办事儿的老乡捎来了一万块钱，装在一个皱皱巴巴的信封里，用报纸一层一层地裹住。他把那些钱拿出来数了一下，有九千块，是整整齐齐的百元大钞；而其余的一千块，是零零散散的毛票，又脏又旧。他抚着那些零钞，知道每一张都凝结着母亲的汗水和泪水，还有母亲不吃早餐省下来的。他心里难受，低着头盯着那些钱发呆。

送走老乡，他赶紧把那些钱找了个储蓄所存起来。他怕妻子看到了会嫌恶。平常家里来了个客人，用过的杯子，她都要消毒，这样又脏又破的钱，他怕她不肯要。

她回来的时候，他把存折递给她，说："是母亲给我们结婚用的。”

她接过去扫了一眼，不以为然地说：“这么点钱够干什么用啊？买房子买不足一平方米，去欧洲旅行只能走到半路，买钻戒只能买一个小米粒大小的。”

她的话，像一根刺，把他的心狠狠地扎了一下。他不知道说什么好，沉默了半天，没好气地说：“我是穷，你又不是不知道，现在后悔还来得及！”

她过来抱住他说：“瞧瞧，又急了不是？我们都快成为一个战壕里的战友了，不应该频繁地发生内部矛盾，消消气吧！”对于这样一个既让他生气又让他爱的女孩，他有些束手无策。

蜜月哪儿都没去，她提议回他出生的地方看看。起了个大早，他们坐火车往回赶。下了火车换汽车，一路的颠簸，一路的劳乏。下汽车时，她不小心扭了脚，新买的皮鞋鞋跟也被扭掉了，她瘸着腿看上去很狼狈。

她指着不远处墙脚下一个修鞋的女人说：“你把我背到那儿，我把鞋修好了咱们再走。”他看了一眼，莫名其妙地心慌起来，说：“你先去，我去厕所回来找你。”

他远远地看着。修鞋的女人不是很老，五十几岁的样子，但常年在墙根底下风吹雨淋日晒的，满脸沧桑，并且有很多皱纹。女人头上包了一块蓝色的围巾，围巾底下露出的一缕头发已经有大半是白的。他不错眼地盯着，一直看到眼睛酸涩地疼。隐隐地听女人问妻子是从哪儿来的，妻子说从北京来。修鞋的女人也自豪地说：“我儿子也在北京，并且找了一个北京的老婆，可漂亮了。”

他躲在一个修自行车的小摊后面磨蹭着，不肯过去。忽然看见两个年轻力壮的男人，和修鞋的女人争执起来，说她两个月没交管理费了，修鞋的女人脸上堆起谦卑讨好的笑容，看得他心中很难受。她说："这两个月没有挣到钱，可不可以缓一缓？"矮个子男人不由分说，伸手去掏她口袋，她用手紧紧地捂着。两个人争执起来，年轻的男人失手把她推倒了，她磕倒在台阶上。

他的心战栗起来，跑过去，一把抓住那个男人的手喊道："不许欺负我妈妈！你们怎么可以这样？"他把修鞋的女人扶起来，坐到小凳子上。她的嘴唇被台阶磕破了，有血渗出来。他说："妈妈！都是儿子不孝，让您受这样的苦。"

母亲嘴唇抖了几下，说不出话来，眼泪簌簌地往下掉。

他的妻子吃惊地瞪着他。他说："是的，这个衣衫破旧的修鞋女人，是我的妈妈。上大学时，我曾经告诉你，我妈妈是老师，其实不是的，我骗了你。有好几次我都想告诉你真相，可是我没有勇气，我怕你看不起我。我一直很自卑，以为有这样一个妈妈很丢人。其实她是一个了不起的母亲，这么多年，她就是用这双手，供我读完大学。还有那一万块钱，就是你眼里不够买一平方米房子的一万块钱，那是我妈妈攒了好几年的血汗钱……"

他眼睛里溢满了泪水，声音哽咽，不管妻子能不能原谅自己，说出来心中才会安宁。

他在家里住了一个星期，帮母亲做些家务。母亲去修鞋，他帮母亲打下手。他很高兴，自己终于能够摆正心态，敢于承认自己是一个修鞋匠的儿子。

临走的前一天，谁都没有想到，赌气而去的妻子回来了。她把那张一万块钱的存折还给母亲，母亲坚持不肯收。母亲的脸上堆满了讨好的笑容，让人看了心酸。她替儿子向儿媳求情：“他骗你，是他不对，但他不是故意的，都是我这个没有本事的妈拖累了他。”他看不下去，说：“妈，您别求她，她要怎样随她去吧！”妻子转过头来瞪他一眼。然后她转头对母亲说：“他骗我，我是很生气，但看在他能够在那么多的人面前认您这个妈妈，还算有良心。这钱是您辛辛苦苦挣来的，我们不能要。”她把存折递给母亲。

母亲用衣袖擦拭着落下来的泪水。他看着生命中两个至亲至爱的人拥在一起，感慨万千。是的，母亲只是一个小人物，但她的爱不比任何母亲逊色，她的爱永远不卑微。

化蝶的美丽与疼痛

青春有时候是一只毛毛虫，只有把成长的阵痛全部都消化掉，才可能完成最终化茧成蝶的过程，长出美丽的羽翼。

成长为一只美丽的蝴蝶，需要一位母亲不停地努力和付出。

等他长大，等这一天，她等了很多年。

那时候，他还小，她把他寄养在外祖母家里。每次她去上班，他就会揪住她的衣襟，狠狠地哭，小脸儿抹得跟花脸猫一样，一边哭一边仰起小脸儿说："妈，不上班，好不好？"

这样的祈求怎么能不羁绊她远离的脚步？可是她还是固执地说："不行，妈妈不上班，我们就得挨饿。"饿是他那时所能理解的最直接的概念，可是他仍然会不依不饶地问下去："那什么时候可以不挨饿？"她说："等你长大。"他抹掉眼泪，哽咽道："等我长大。"她哭笑不得，心中是挥之不去隐隐的痛。

她是单亲母亲，她不坚强，谁替她生活？

她几乎不错眼地盯着他成长的每一步。小时候，每一次他犯了错，都会伸出小手，掌心向上，等着她打手板。

成长和蜕变其实是很残酷的，怎么会不犯错？他拿了同学的橡皮，他跟外祖母说了谎话，他踢足球把人家的汽车玻璃砸烂了，回家都要挨她的手板。

这一年，他十五岁，有一点儿青春期的叛逆和张扬。初升高最紧张的阶段，他选择了逃避，掉进悬疑小说里不能自拔。她花很多钱请名师给他辅导，花很多钱给他增加营养、买复习资料。怕他体育过不了关，还花钱请了外校体育老师单独训练。一头是他，一头是工作，来来回回奔波，她疲惫到不管倚在哪里都能睡着。补习班的老师给她打电话，说他上课的时候看悬疑小说。她听了之后，终于无法控制自己的情绪，血往头上涌，一下就晕了。

醒来，是在医院里。

他去医院看她，医生说她患了很严重的营养不良。他听了始终没有吭声，只是默默地从书包里拿出从家里带来的那个专用竹板递给她，然后手心向上，闭上眼睛，静静地等着她惩罚。

等了半天没有动静，他睁开眼睛，看见她早扔掉竹板，垂泪不语。

时间一点点溜走，两个人就那样僵持着，谁都不肯开口。最终还是她沉不住气，哽咽地说："从小到大，每一次你犯了错，我都会打手板，让你记住自己犯的错，别在同一个地方再次摔倒，可是今天我不想打手板了。你不用心疼妈妈，妈妈为你花钱、为你奔波、为你所做的一切都是应该的，是为人母亲的责任，是我的快乐。咱们还是说说你吧！每天早晨，你比任何一个人起得都早，甚至比第一班公共汽车还早，然后穿越整个城市，去学校上课。晚上五点钟放学，因为堵车，你往往要八点钟之后才能回到家。为了上学，你有没有计算过每天有多少时间奔波在路上？你想过没有，你对得起自己吗？你那么辛苦和疲惫，穿城而过，就是为了去学校看小说？”

他的眼泪一滴一滴，滴到她的手背上，良久才说：“妈，我知道错了，你别生气了，好好养病，养好了咱们回家！”

她的眼泪不可遏制地流下来：“你知道吗，我等你这一句话等了很久，一个人遇到什么困难都不可怕，最可怕的就是认不清自己。”

青春有时候是一只毛毛虫，只有把成长的阵痛全部都消化掉，才可能完成最终化茧成蝶的过程，长出美丽的羽翼。

成长为一只美丽的蝴蝶，需要一位母亲不停地努力和付出。

有花边的饺子

他觉得自己没有理由再消沉下去，没有理由躲在父母的翅膀下没完没了地舔舐伤口，重新开始是他唯一的选择。

那年冬天，因为他工作上的失误，公司的一单生意受到损失，老板二话没说，就把他开除了。刚刚工作没多久的他，每次发薪水不是添置衣物，就是和朋友们一起出去撮一顿，久而久之，竟成了习惯，所以口袋里并没有什么积蓄。失业的他只好拎着东西回家。

父亲和母亲都没有说什么，但是他还是隐隐地感觉到空气中流动着的压力。父亲一支接一支地吸烟，皱着眉头并不和他说话。母亲忙里忙外地扫房子，蒸年糕，蒸豆包，置办过年用的东西，唯有他，像个外人一样，缩在屋子的角落里看书。

想想这些年，父母也挺不容易。他们都是老实本分的人，没有什么额外的收入，凭着那一点少得可怜的工资供他念书，日子过得紧巴而又辛苦。他曾经拍着胸脯跟他们保证："等我毕业后，一定努力工作，让二老的日子过得滋润些。”如今言犹在耳，却转眼就自己抽了自己的耳光，想想自己都有些脸红。所以他们有理由怒其不争，有理由给他脸色看。

看着别人喜气洋洋地过大年，他却没有什么心情。父亲贴春联，母亲煮饺子，热气腾腾的饺子像一只只肥嘟嘟的小猪，在滚水中打了一个转，被母亲捞到盘子里，端到桌子上。如果是平常，他早就迫不及待地开吃了，这会儿，却因为眼前的处境，无望的前途，味同嚼蜡，美味也难以诱惑到他。

母亲强行把他拉到桌边，乐呵呵地骂他：“就算发生了天大的事情，也得吃饭啊！更何况只是丢了工作，没有什么了不起的。赶紧吃！”父亲也随声附和：“吃饺子，吃饺子，饺子就酒，越吃越有。”

他当然没好意思和父亲对饮，拿起筷子，勉强吃了一个饺子，竟然被什么东西硌了一下，吐出来竟然是一枚一分面值的硬币。他一下忘记了自己糟糕的心情，兴奋地说：“我吃到钱了！我吃到钱了！”

他们的老家，有一个年俗，新年的第一顿饺子，会包一枚硬币在饺子里，谁吃到了，说明谁的运气好，财源滚滚。这几年，都说硬币有细菌，包硬币的习惯早已成为小时候的记忆，可是母亲看他到心情不爽，竟然把硬币用开水煮过，包在饺子里，让他重温儿时的喜悦。眼泪瞬间润湿了他的眼睛，谁说父母不爱他？他们为了鼓励他能够重新飞翔，竟然想出了如此“笨拙”的办法。

和着泪水，他又吃了第二个饺子，第三个饺子……

第二个饺子里包着豆腐，寓意新的一年里，幸福美满快乐！

第三个饺子里包着年糕，寓意新的一年里，一年更比一年高！

每一个饺子，母亲都做了记号，捏了花边，以区分别的饺子，所以他总是能恰到好处地吃到硬币，吃到豆腐，吃到年糕，一口一口，和着泪水，这哪里是饺子，分明是一个母亲对一个孩子的关切之情和殷殷期望——希望自己的孩子能平安快乐！

他觉得自己没有理由再消沉下去，没有理由躲在父母的翅膀下没完没了地舔舐伤口，重新开始是他唯一的选择。

住在父亲温暖的牵挂里

原来我一直住在父亲温暖的牵挂里，这么多年，父亲的爱从来没有改变过，幸福像花儿一样开遍我的整个世界。而我还到处寻觅爱和幸福，抱怨父亲爱我们太少，关心我们太少，我是不是太贪心？父亲，原谅你后知后觉的女儿。

父亲是一个老派男人，对于感情的表达是吝啬和含蓄的。有时候我甚至怀疑对于“爱”这个字，父亲是不是有障碍。小时候去同学家里玩，看见同学的父亲和女儿之间像朋友甚至像同辈那样表达喜怒哀乐和沟通，心里羡慕得不行。假期，想和同学一起去旅行，同学只要勾住父亲的脖子撒娇一阵子，就很顺利地过了父亲这一关。同学犯了错，只要不停地检讨，她的父亲就会心软，继而原谅她。

而我却不行，我当然也想像同学那样，可是只要站在父亲面前，只要对着那张不苟言笑的脸，我积聚了多少天的勇气和计划，在那一刻也会全线崩溃。

父亲的严厉，在我是不敢回言的，偶尔不小心犯了错，当然更不可能逃脱。

有一回，因为好奇，父亲新买的一只手表，我三下五除二给拆了。等父亲发现的时候，已经回天无力。父亲拿着扫帚狠狠地抽我，我咬着牙倔强地回头看他，但就是不肯认错。于是父亲罚我，大夏天，站在外面的枣树下，因为枣树的叶子小小的，根本挡不住阳光，所以我等于站在大太阳下边。汗水顺着脸颊往下淌，头晕目眩，但我就是不肯低头。母亲苦苦地向父亲求情，父亲低沉着脸，在屋子里走来走去，唉声叹气，但却不肯依。末了对母亲说："这孩子怎么这么倔呢……"

父亲给我的惩罚，几乎可以说是刻骨铭心，但我也只能在心里小叽咕。对于父亲的教育方式，我表面上逆来顺受，但在内心里，却有一个小小的人儿在反抗和挣扎。父亲让我温书，我偏不肯，把所有的精力全部都用在看闲书上。多年之后，我为自己的逆反付出了昂贵的代价。

成年之后，我自己也有了小孩子，但对于父亲，我依旧是尊重多于关爱，内心里固执地认为，父亲是一个不懂得爱的人、不能够交心的人。父亲严厉之至，有什么事情，我都会跑去跟母亲说，对父亲却是敬而远之。

生活方式上，父亲更是老套，几乎抵御一切新生事物和现代科技。家里除了一台电视，别的与现代文明相关的东西，几乎没有。父亲多数时间都在看报，小到报缝里的广告他都不放过。

有一天回家，父亲破天荒地求我一件事情，他像一个孩子似的，低着头，还未开言，已经是满脸通红，父亲搓着手说："那个什么……”我从没有见过父亲如此，这么艰难地表述一句话，和他训我时的风格完全不同；训我时那是干脆利落，哪会像这样拖泥带水？

我等着父亲的下言，父亲说：“隔壁的老徐头，前两天他儿子给他买了一部手机，他常拿出来在我眼前显摆……那个谁前两天刚换了一部新手机，那部旧的，能不能给我？”

父亲结结巴巴地表达完了要说的话，我点点头说：“没问题。”内心里却忍不住想笑，父亲，一个那么倔强、刚正的人，什么时候也变得这么虚荣起来呢？现代文明害人不浅啊，至少害得父亲乱了阵脚。

自从父亲有了那部旧手机，隔三岔五会给我打电话了，当然不善表达的风格还是没有改变，电话里，只问一句“你好吗”，就匆匆挂掉了，后来，他说，是为了省钱。

有时候我正在忙手里的事儿，接到父亲的电话，就会愣怔一会儿，有一丝温暖的感觉，在心底慢慢地涌起，想不到父亲也变得有人情味了。

有一次去父母家里，儿子非要姥爷的手机玩游戏，父亲便纵容地把手机给了宝贝外孙，父亲对于隔辈的人，不再像对我那么严厉。

儿子玩了一会儿，就去干别的事情去了，我拿起来不经意地扫了一眼，呼出电话一栏，竟然只有我们姐弟几个的电话，我迅速往下翻看，除了家里人的电话号码，很少有陌生人的。我忽然就呆住了，我以为父亲是因为虚荣，跟别人攀比，才跟我要手机的，原来却是因为牵挂我们。那一刻，我的心中有一丝柔软的痛慢慢洇染开来。天下的事情，可以否定一切，但却没有理由怀疑父母对儿女的那份爱。无论表达的方式如何，那份爱却是亘古不变的。

母亲说，父亲现在每天最大的乐事就是把我发表的文章收集整理记录下来，然后手不释卷地一遍又一遍地读。我嘲笑父亲：“幸好女儿只是在‘报屁股’上发表了几方豆腐块，如果成了大作家，著作等身，那还不把父亲累坏了？”

原来我一直住在父亲温暖的牵挂里，这么多年，父亲的爱从来没有改变过，幸福像花儿一样开遍我的整个世界。而我还到处寻觅爱和幸福，抱怨父亲爱我们太少，关心我们太少，我是不是太贪心？父亲，原谅你后知后觉的女儿。

天底下最笨的那个人

我们都是在这些笨爱中，一点一点成长，一点一点蜕变，一点一点接纳和包容，一点一点去学着爱别人的。

人性最致命的弱点，无非就是在最痛苦、最软弱、最失意、最无助的时候，有意无意地去伤害身边那个最爱你的人，谁离你最近，谁受到的伤害就最大。

认识一个女孩，生得娇小清秀，性格内敛文静。在别人的眼里，她是妈妈身边的乖乖女，是单位里的好员工，是邻家可亲的大姐姐。可是这样一个女孩，遇到事情的时候，却特别极端。

二十一岁那年，她爱上单位里新来的一个男孩，两个人一见钟情，偷偷地恋爱了。因为在一个单位里，男孩子偶尔多看哪个女同事一眼，或者跟哪个女同事开个玩笑，献个小殷勤，表现一下绅士风度，她便不依不饶，问他是不是看上人家了。先是哭闹，然后逼他写保证书，下不为例。如此反复，男孩终于无法忍受，愤而离去。

失恋的她，顿时觉得高高的天空垂了下来。她反而不哭了，只是把自己关在房间里，不吃不喝不睡，眼睛空洞地盯着天花板。母亲便整晚在她房间外走来走去，也不肯去睡，怕她想不开，生怕有意外发生。侧耳倾听屋里的动静，隔着房门，小心翼翼地问她："起来吃点东西吧？失恋就是一场重感冒。"她没好气地丢了句："吃不下！感冒也会死人的。"母亲的声音哽咽起来："等你经历了人世风雨，你就知道了，恋爱不是人生的全部，你还有父母亲人和朋友。"她硬邦邦地回了句："你烦不烦啊？"母亲终于不吭声，长长的叹息声散落在她耳边。

过了一段时间，失恋果真像感冒一样，没用什么药，竟然奇迹般地好了起来，只是白白害母亲担心了那么久。

没过多久，因为单位里的人事纷争和不公正的待遇，她愤而辞职，远走他乡，不顾母亲苦苦相留，执意做了一个北漂的女子。生活并不如想象的那般如意，她找不到合适的工作，连房租都交不起，窝在一间地下室里，因为见不到足够的阳光，苍白纤弱得如同一株角落里的植物。母亲打电话的时候，她嗫嚅着说："我需要一点钱，打到我的卡里，不然我就饿死了。"母亲抱着电话，丝毫不掩饰心中的难过，她说："丫头，你回来吧，家里总会有你一口饭吃的。"她不发一言，半天，冷冷地丢下一个字："不。"

想不到第二天，母亲便出现在她的出租屋里，坐了一夜火车的母亲，满脸都是倦容。斯时，正在生病、嘴唇干裂的她，把头转向墙壁，有泪顺着眼角缓缓流进嘴里。

跟我说起这些经历的时候，她的眼睛里蕴藏着泪滴，努力隐忍克制，才没有落下来。她已经不再是当年那个看似温和实则尖锐的极端女子，她早已蜕变得成熟优雅睿智。她说："天底下最笨的人就是那个叫母亲的女人，你伤害她的时候，她也很疼，可是她仍然能在疼痛中将所有的爱倾囊倒出，交付于你。”

笨妈，笨爱。

我们都是在这些笨爱中，一点一点成长，一点一点蜕变，一点一点接纳和包容，一点一点去学着爱别人的。

父亲的三字语录

父亲没有长篇大论的语录，有的都是短小精悍、对生活的总结和体悟。父亲那些经典的语录，始终贯穿在我漫长的生活中，生活的起承转合，种种磨难，种种幸福，幸好都有父亲的这些语录做铺垫，我才得以走得安稳和快乐！

父亲讷言，虽未到惜字如金的程度，但日常起居，从来没有多余的闲言碎语，只有到了非说不可的时候，他才会几个字一组，没有修饰词，硬邦邦地甩出来，非常有力度，但感情色彩却不充分，绘声绘色的字眼，更是从来都与他不沾边。

小时候，电力资源紧张，所以常常限电。我们兄妹几个点蜡熬夜看闲书，父亲常常会在另外一个屋子里出其不意地喊一句："早点睡！"我们几个屏息敛气，再等，没有下文。我们几个半大的孩子，偏执地以为，点蜡烛要花钱，想必父亲是心疼钱了，于是心里多了几分不屑。长大了才知道，"早点睡"这三个字里面还有另外一层延伸的意思，字面上看不到，那就是"别熬坏了身体，别累坏了眼睛”。那时候，我们都还小，他不说，我们根本理解不到这层意思。

后来长大了些，离家住校读书，父亲不大常去看我们，偶尔会打一个电话来。传达室里的爷爷对着寝室喊一声：“电话！”这两个字像惊雷，让我心里激动不已，然后呼哧呼哧地跑出去。结果，话筒里只有电流的吱吱的声响，却并不曾响起父亲的声音。等了良久，等到绝望，快要放下电话时，那端响起一个声音：“吃饭没？”暗淡，绝望，那么长久的等待和盼望，却只有一句平淡无奇的“吃饭没”，这三个字有那么重要吗？要在电话里说？心中多了种种的不解和委屈。多年后，有了自己的小孩子，才明白那三个字后面的意义，那三个字在一个父亲心目中的分量。

念书时，我的成绩不好，母亲每每会念紧箍咒，那副恨铁不成钢的样子，让我愧疚，也让我不安和紧张。母亲的碎碎念功力很深，念得足以让人发疯和崩溃。每每这时，父亲总会在边上不紧不慢地说上一句：“慢慢来！”这句无足轻重的话，让我漠视，像羽毛一样轻，根本救不了我。但，这句话却让母亲愤怒，把矛头直接指向父亲，这么没有原则的话，竟然出自父亲的口，好像逆势上行，有违常规。当我也活到父亲当年的年纪，才深深地体会出“慢慢来”这三个字的好处，那是一种境界，没有一定阅历的人很难了悟。

后来参加工作，第一个月拿到工资时，心情激动难抑，计划着给父亲买一把檀香扇，给母亲买一副好护膝，给妹妹买一条新裙子，给弟弟买一套他心仪良久的书。可是那天，因为匆忙慌乱，结果工资袋在我的手里只捂了几个小时就不见了，当然那些礼物也都成了泡影。回到家里，我垂头丧气地发呆吃不下饭，不苟言笑的父亲居然笑了，说了句：“咱有钱！”我别过头去不理他，咱有什么钱啊？每个月都捉襟见肘，谁还不知道？扯这样的大谎。多年后，我干着别的事的时候，突然想起父亲的话，“咱有钱”这三个字真的不是扯谎，是心中的一种底气，是一种胸襟，是一种豁达，因为还有比钱更重要的人和事，可惜那时我并不懂。

人生在世，都会遇到几个坎儿，我也不例外，先是失恋，然后丢了工作，跑回家中，在父母的羽翼下养伤。不吃不喝，一会儿伤感，一会儿抑郁，一会儿皱眉，一会儿叹气。父亲始终不发一言，直到我三天没吃一口东西，父亲火起，大喝道：“怕什么？”隔了半天又说：“人生没有过不去的坎儿。”我不语，暗想，你不是我，怎么能体会我心底的痛？现在想来，也会觉得自己好笑，我经历过的事，父亲必然都经历过，而我却无视他的话。

父亲没有长篇大论的语录，有的都是短小精悍、对生活的总结和体悟。父亲那些经典的语录，始终贯穿在我漫长的生活中，生活的起承转合，种种磨难，种种幸福，幸好都有父亲的这些语录做铺垫，我才得以走得安稳和快乐！

开满葵花的小镇

他一下子就哭了，想象着母亲在故乡的小镇，挨家挨户说服人们为他编造一个谎言的情景，心中不由得大恸，眼泪抑制不住地流下来。

那天放学后，同学们都在操场上踢足球，他丢下书包，兴高采烈地跑过去，准备加入。谁知道同学们看到他，一哄而散，抱着足球，搭着球衣，唯恐对他避之不及。

他孤零零地站在操场上，觉得很受伤，刚才还热热闹闹的操场，转眼变得静悄悄的。他百思不得其解，自己为什么一下子成了最不受欢迎的人呢？委屈的泪水，在眼眶中打转。他冲着那些离去的同学的背影，愤懑地大喊："我做错了什么？你们这样对我？"

大家都不出声，急急地往前走，只有其中一个矮个儿男生转回头来，冲他嚷了一句："我们不和杀人犯的儿子一起玩儿。"

他顿时呆住了。

对于自己的身世，他一直很好奇，从小到大，数不清问过母亲多少次了，为什么别人都有父亲，而自己没有？每一次母亲都告诉他："父亲因为生了一场大病，无法治愈，所以被夺去了生命。不过父亲很勇敢，面对疾病一点都不怯懦……"

每一次母亲跟他讲述这些事情的时候，都是满含深情，眼睛里蕴藏着热泪，母亲还说："父亲最后的遗言是，希望尚在母亲腹中孕育的你能够平安长大，做一个健康、快乐、对社会有用的人。"

他不知道该相信母亲的话，还是该相信同学的话。每一次他听到同学们的风言风语，回家问母亲，母亲就会带着他搬家。从上小学开始，他已不知搬过多少次家了，家的概念对于他来说很简单，就是一只皮箱，一个母亲——那就是他对家的全部理解。

"我不是杀人犯的儿子！"这件事情就像一根鱼刺一样，卡在他的喉咙里，不上不下，很难受。那段时间，他吃不下，睡不着，学习成绩一落千丈，成为班级里的差生，老师打电话让母亲去学校一趟。

母亲回来后眼圈红红的，他知道无法再避开一直存在于他和母亲之间的问题。他倔强地问母亲："妈，爸爸他真的是一个杀人犯吗？"

母亲伸手在他的头顶摸了一下，这个平常的爱抚动作，让他的眼泪像决了堤的洪水。

母亲却笑了："妈妈没有骗你，你安心读书，假期妈会告诉你答案。"

假期来临的时候，母亲给他准备了一个双肩带的背包，里面是衣服和书本，然后母子两个一起上路了。

母亲带他一起去了父亲的故乡。在他的印象里那是一个神秘的地方，因为在那里，他可以找到答案。

倒了两回火车，换了三次汽车，终于抵达父亲的故乡。

父亲的故乡是一个北方小镇，小镇的周边种满向日葵，阳光洒在那些金黄色的花瓣上，妩媚动人。

一入镇街，就不断有人跟他们打招呼。得知他是谁谁谁的儿子，立刻惊呼:“天，他的儿子都这么大了，长得真像，只怪他没福，去世那么早。”

母亲带他去了父亲的二大伯家，二大伯给他讲了父亲小时候的事。父亲小时候很淘气，上树捉雀，下河逮鱼，有一年差一点把腿摔折了。父亲的二大伯还拿出了父亲小时候的照片，那是一个和他十分相像的俊秀少年。

母亲又带着他去了父亲的一个同学家，主人是一个年龄和母亲相仿的女人，慈眉善目，和蔼可亲。女人讲述了一些父亲和她做同桌的趣事，她说父亲念书很用功，学习成绩很好，志向远大，只可惜英年早逝，说到后来，女人很动容，眼睛里有了泪水。

那一次，他们在小镇上待了好几天。年龄稍长的人，几乎都认识父亲，他们给他讲述了父亲的往事，点点滴滴中，他逐渐勾勒出心目中父亲的轮廓：一个快乐、努力、健康、向上的人。

心中的疑团消除之后，他不再琢磨这些令人心烦的事，把所有的精力都投入到学习中去，他变成一个阳光少年。后来，终于以优异的成绩考入北方的一座名校。

大学毕业之后的第一天，母亲带他来到一座监狱，他见到一个面色苍白的中年男人。母亲说:“这就是你的父亲，他是一个杀人犯，但他不是坏人，只是过失杀人。”

他一下子就傻了，嘴唇哆嗦半天才问：“可是那个开满葵花的小镇，故乡那些纯朴善良的人们都说了假话吗？”母亲摇摇头，说：“不是他们说了假话，是妈妈央求他们说假话的。那时候你还小，很多事情无法分辨和承担，我不想让你父亲的错失，压得你一生都抬不起头来，然后一辈子生活在父亲的阴影下。”

他一下子就哭了，想象着母亲在故乡的小镇，挨家挨户说服人们为他编造一个谎言的情景，心中不由得大恸，眼泪抑制不住地流下来。

流年里不一样的爱

时光里，那个我依赖的人，渐渐老去，变成了一个需要我照顾的人，角色转换了，但是差距为什么那么大呢？

我从来不怕给母亲惹祸，所以任性，胡闹，妄为。而母亲却总怕给我添麻烦，所以谨小，慎微，谦卑。

小时候的我，任性，胡闹，妄为。打碎了母亲陪嫁的细瓷花瓶，居然能面不改色心不跳地对母亲说："不赖我，都是咱家那只淘气的猫，追一团绒线球球，把花瓶打碎了。"

一脸无辜的我，努力做出平静的样子，想取得母亲最大的信任。谁知母亲并不上当，仿佛背后长了眼睛似的，说："你是不是去花瓶里拿妈妈的零钱，把花瓶打碎了？"事实面前，我仍然抵赖，强硬到底："不是我，不是我，我没有拿！"母亲看着如此耍赖的我，宽容地笑了笑，不了了之。

想吃母亲做的手擀面时，我居然跟母亲装病，躺在床上拒绝吃喝。母亲把手覆在我的额头上摸了一下，问："怎么了？哪里不舒服？”我有气无力地说：“病了，就想吃妈妈亲手擀的面条。”

母亲在我的屁股上拍了一下：“小馋猫，体温正常，没有发烧，也没有咳嗽，没事装什么病？快去上学吧！”

我懊恼不已，怎么也想不明白，是哪儿露出了马脚，怎么一下就被母亲识破了呢？

中午放学回家，意外地看见餐桌上有一碗香味扑鼻的手擀面，异常欣喜地扑过去，一面吃，一面夸下海口：“妈，等我长大了，请你吃外国面条。”其实，那时的我也不知道外国究竟吃不吃面条，我只是用那样一种夸张的语气表达自己欣喜的心情。

青葱岁月里，最喜欢的就是漂亮衣裳，那时候总是想方设法跟母亲要钱，然后积攒得多了，跑到街角，买一条漂亮时髦的裙子。那时候以为，母亲手里的钱是花不完的，完全不曾设想过居家过日子，柴米油盐处处需要钱，也完全不知道母亲是怎样一分一分算计着过日子。

跟母亲要钱的时候，要得理直气壮，要得天经地义，最后总是以母亲妥协的姿态而告终。

那时候的我，和天下所有的孩子都一样，在母亲面前，任性，撒娇，说谎。在母亲的宽容里，尽情地汲取那份爱。

时光荏苒，转眼我长大了，母亲老了，母亲变得谨小慎微，谦卑怯懦。

我有了自己的小家，家庭、事业、孩子，整日忙忙碌碌，像一只陀螺一样不停旋转。母亲打电话来，试探地问：“你还好吧？有时间回家吗？”我忽然想起，自己很久没有回家了。母亲放下电话之前说，“没打扰你吧？我不给你添乱了！”

忽然有了生疏的感觉，母亲谦卑婉转的语气刺伤了我，如果母亲理直气壮地说“别瞎忙了，把手里的事情放放，我想你了，回家看看我”，我想我会快乐地接受，像我小时候撒娇耍赖那样。

父亲生病，在医院里做阑尾手术，前前后后忙碌了几天，因为要办各种手续，因为夜里要陪床，因为要解决吃饭的问题。医院里的饭难以下咽，所以每次都是在家里煮了粥，做了小菜送去，前后也就一个星期的时间，出院时，母亲歉疚地说：“耽误你们工作了，我们不能帮你们什么忙，反而拖累你们……”

母亲的声音越来越小，我忽然想起小时候装病，只为骗取母亲做的手擀面，那么心安理得。

带母亲去逛街，给母亲买衣服，母亲总是喜欢却又舍不得，啰啰唆唆地絮叨：“这么好的衣服，这么贵，我又不出门，穿着怪可惜的，太浪费了。”我安慰她：“穿着自己看，心情舒畅，有什么可惜的？”母亲说：“挣钱不容易，很辛苦，还是节约点花……”

我想起我小时候，总会找各种借口，跟母亲要钱买衣服买喜欢的东西，从来没有想过要帮母亲节约一点，花得那么理直气壮。

时光里，那个我依赖的人，渐渐老去，变成了一个需要我照顾的人，角色转换了，但是差距为什么那么大呢？

我从来不怕给母亲惹祸，所以任性，胡闹，妄为。而母亲却总怕给我添麻烦，所以谨小，慎微，谦卑。

原来我给母亲的爱和母亲给我的爱真的不一样。

母爱的长度

在一个母亲的眼里，她的儿子无论是总统还是种土豆的，都一样优秀，她给予的爱也一样，不会因此而有失偏颇。

他二十岁，智商却等同于一个三四岁的孩童，不会表达感情，不会与人沟通，不会与人相处，甚至不会微笑。他的人生哲学里没有给予和接受的概念，他活在自己的世界里，别人无法进入。

他什么都不会，生活上最基本的小事情都做不好，但他却会抢包。在街上，他看到一个美丽的女孩背着有斑马纹的皮包，忍不住过去动手抢。母亲赶来的时候，他已经被女孩扭送到警察局，被指控为抢包的小偷。母亲气得浑身哆嗦："他不是小偷，他对钱没有概念，他只是喜欢你包包上的斑马纹。"这样的辩白无疑是苍白无力的，谁会相信？

在车站，他与母亲走散，居然伸手去摸一个女孩的屁股，因为女孩穿着一条有斑马纹的裙子。母亲赶来的时候，他被当成臭流氓，正被女孩的男友暴扁。母亲像一只好斗的老母鸡一样上前与人撕扯，在他背后高喊："我家的孩子有残疾，我家的孩子有残疾……"

母亲住了手。是的，她家的孩子有残疾。他是一个喜欢斑马纹和巧克力派的孩子，原本天真快乐，原本和别的孩子没有什么区别，可是忽然有一天，被医院确诊为自闭症。

印象里，母亲总是能经受住一切风雨，能够包容一切事物，能够顶住一切困难。其实不然，母亲也不是圣人，也有脆弱的时候，也有放弃的时候，幸好那只是一瞬间的念头，只是曾经，只是过往……

母亲带着他到处求医，各种治疗都没有什么效果，于是母亲按照自己的方法训练他的生存能力，治疗他的自闭症。看到树的时候让他触摸，母亲会一遍一遍地告诉他："树，大树。"看到阳光的时候告诉他："阳光，阳光很灿烂。"看到小溪的时候告诉他："小溪，小溪很清凉。"登山的时候母亲会告诉他："心，心在跳。"母亲甚至拿着镜子教他微笑，嘴角上扬，露出好看的牙齿，那就是微笑。

当母亲发现他有长跑特长时，便将希望放在运动上，带着他开始了艰苦的训练，不断为他鼓劲，给他人生暗示："草原的身体一极棒。"甚至在被马拉松教练指责为把自己的意愿强加给孩子时，她也没有放弃。在一个母亲的眼里，自己的孩子是最棒的。

尽管这里面有对母爱方式的反思，但是母爱的真实却不容怀疑，也正因为这种有些自私的爱，她才担心将来，所以说出了那样的话："让我比儿子多活一天。"不言而喻，多活一天，就是为了多照顾残疾的孩子一天。都说伟大的母爱没有终点，可是这就是一个母亲爱的终点。

因为不抛弃，不放弃，坚持不断地训练，最终他获得了马拉松比赛第四十九名，名次不重要，重要的是参与，是融入，是与人的交往与接触。摄影师说："来，看这里，笑一下。"面对镜头，原本表情呆滞僵硬的脸，渐次展开灿烂的笑容。那一刻，母亲流下了幸福的热泪，母子两人深深地拥抱在一起。

自闭症患者对于一个母亲来说，无异于一场爱的马拉松，也是一场体能和意志的考验，不抛弃，不放弃。

因为爱，一个母亲成就了孩子的人生。因为爱，一个孩子成就了母亲的心愿。爱的马拉松，让我们永远不放弃身边那些需要关爱的人。

当年，杜鲁门当选为美国总统后，一位记者采访他的母亲时说："有这样的儿子，您一定十分自豪。"杜鲁门的母亲微笑着点点头说："是这样的，不过我还有一个儿子也同样使我感到自豪，他现在正在我家的地里挖土豆。"

在一个母亲的眼里，她的儿子无论是总统还是种土豆的，都一样优秀，她给予的爱也一样，不会因此而有失偏颇。

世间最疼你的那个人

母亲说的话，我们总是信以为真。只是年少的时候，我们还没学会辨明事情的真伪，看到的只是事物的表层，只会一味地相信。原来母亲也说了谎话，善意的谎话，和她说的不爱我是一样的，并不是她内心深处最真实的想法。

大约每个人在年轻的时候，都会有一些疯狂的举动，都会有一些极端的思维，都会有一些本能的偏执，都会犯一些看似简单的低级错误。因为没有经历过生活的洗礼，没有经历过世事的磨砺，所以一颗心小到只能听到自己的心跳。

我也不例外，二十岁那年，我以为自己是全世界最不幸的人，因为母亲在那一年里，几乎是怒不可遏地对我说："是的，你说得对，我是不爱你，你自己都不爱惜你自己，别指望别人会爱你！"我无法接受母亲的态度和说辞，梗着脖子回望母亲，脸上写满不屑与叛逆，但内心里，却是泪流成河，亲情构筑的世界顷刻坍塌，而且是母亲亲手打碎的。

二十岁还叛逆，是有些晚熟，但那时候的我倔强而固执。更何况，母亲亲口跟我说，她不爱我，让我无所适从和无法接受。

母亲有三个儿女，我是最没有出息、最没有长进的那一个。上学的时候，从学校里逃出来，以为不上学可以和别人一样，嘲笑那些啃书本的人为书虫。工作的时候，背着母亲自作主张辞掉工作，以为自己的才华会在那小小的方寸间慢慢地磨蚀掉。失恋的时候，用刀片割自己的腕，当然只是轻轻的，不会血流成河，全不顾及母亲的感受。任性，妄为，自虐，怪僻，从没有想过那些行为会给母亲带来怎样的伤害。

母亲终于在忍无可忍的情况下，对我说，她不爱我了。所以我有理由相信她说的话，谁会喜欢一个不求上进、自我而且冷漠的人？

母亲的话在我心里被放大了一百倍，让我惶恐失落绝望，觉得自己就是一个被自己的母亲抛弃掉的人，带着一腔的悲壮和痛悔，去了另外的城市，一个人在陌生的城市里工作，恋爱，结婚，成家，拒绝接母亲打来的电话。除了我，母亲的身边还有两个优秀的儿女，反正我是那个可有可无的人，是邻居眼里的笑柄，是父亲眼中的失望，是母亲心头拔不掉的刺，我能做的，只是在他们的眼前消失掉。

不知不觉间，有了自己的孩子，自己也做了母亲，慢慢懂得了一个做母亲的心。虽然内心里有了一些回转，但仍然坚持着不肯回家，因为实在不知道该怎样跟家人相处。碰巧有一天弟弟打电话来，说母亲病了，住在医院里。

我一下子慌乱起来，食不甘味，夜不能寐，手足无措，始知自己的内心里，最重要的那个人，不是那个小小的自我，而是母亲。

急急忙忙地收拾东西，然后请假，舟车劳顿赶到医院里。还好，母亲并无大碍，静静地躺在床上，手里握着手机，只要铃声一响，她就以为是我。

许久不见，母亲老了，岁月并没有特别眷顾哪一个人，时光的痕迹留在我们每一个人的身上，公平、对等。

与弟弟秉烛夜话，弟弟说："这几年母亲几乎每天都是忧心如焚，后悔当初的话说重了。"我听了默然不语。弟弟又说："母亲曾去过你居住的城市，只为看你过得好不好，却没有惊扰你。也曾暗中拜托她的亲戚朋友关照你，不让你知晓，怕你不能接受。就连每晚的天气预报，都要看看你所在的城市是阴是晴，是刮风还是下雨。"

我仍然不语，但心中明白，母亲说不爱我，只是恨铁不成钢的气话，只为让我醒悟，她一直在我的身后默默地看着我，关注我。而我，竟然傻傻地一无所知，心中一阵阵抽搐地疼，眼泪在胸腔回流。

与母亲相处的时光，忽然忆起年少时，我们几个围在一起吃新鲜的水果，给母亲一个，母亲说她不喜欢吃。母亲带我们几个出去玩儿，烈日炎炎，我们几个喝饮料，给母亲一瓶，她说她不渴。干活的时候，我们几个在旁边嬉笑打闹，让她歇一会儿，她说她不累。

母亲说的话，我们总是信以为真。只是年少的时候，我们还没学会辨明事情的真伪，看到的只是事物的表层，只会一味地相信。原来母亲也说了谎话，善意的谎话，和她说的不爱我是一样的，并不是她内心深处最真实的想法。

母亲的心博大如海，柔软如水，怎么会装不下一件事？怎么会容不下一个人？这些也是我做了母亲之后才懂得的。

第三章
无可复制的美丽时光

每一个人，在长长的光阴河流中，都会有着自己流转的轨迹，而且独一无二、无可复制，也不可能与别人重叠。好的，坏的，都是人生，喜欢或不喜欢，都是命运。珍惜，唯有珍惜。

每个人心里一亩田

每个人的心里都有一亩田，每个人都在忙着种植和收获。心田里，唯有种满阳光和鲜花，才会收获春光明媚。

每个人心里都有一亩田，用它来种什么？种桃种李种春风，种希望，种快乐！

搬了新家之后，父亲在小区一个不起眼的角落里，开了巴掌大小的一块田。从此，他的生活开始忙碌起来，每天花费一两个小时，在田里除草、施肥、捉虫，给小小的田围上漂亮的篱笆。

别人的田里种蒜苗、种香葱、种四季豆，图的是绿色环保，养眼又美味。唯有父亲的田里，种的满满都是花儿，大多都是草本植物，比如可以染指甲的凤仙花，大叶子的美人蕉，四季常开的海棠花，越晚越香的晚香玉，等等。

花开的季节，满园子姹紫嫣红，香飘云外。傍晚散步的时候，总会有人停留在父亲的花前，细细地打量，踟蹰不前，然后发出几声赞叹。父亲便像一个得到表扬的孩子一样，兴奋得有些不知所措。当然，也有淘气的小孩子，趁父亲眨眼不见的工夫，顺手折了父亲的花儿。这时候父亲往往会很生气，去追赶那些滋事的孩子，可是哪里能追得上？一转眼，那些孩子便在风中跑远了……

父亲只得在身后扬言：“如果有下一次，一定去找家长，让你们淘气！”可那些孩子并不当回事，像耳旁风一样，在晚风中笑着跑开去。

我曾问父亲：“种那么多的花儿，不当吃也不当喝的，费劲出力，逢上不懂事的孩子，还会把你辛辛苦苦种的花儿掐断了，薅了去，惹一肚子气，何苦来呢？”

父亲笑，说：“也不是真的生气，就是觉得白白糟蹋了那些花儿怪可惜的，所以只是吓唬吓唬他们。”隔半天，父亲又说：“我种的是花儿，收获的是快乐，图的就是个乐儿！”

我呆怔半晌，想想也是，种花得乐，有何不可？即不妨碍别人，自己又得乐，何乐而不为？总比内心忧郁愤懑想东想西强多了！

中国台湾作家三毛说：“每个人心里一亩田，用它来种什么？种桃种李种春风。”

其实每个人的内心，都有一块隐形的看不见的田。每个人一生都在忙着播种和收获，从早到晚，辛辛苦苦，只不过播种的形式不同而已。

有的人，在心田里种下一颗温情的种子，用一颗善良纯朴真挚的心去感知和体会这个世界，用一颗充满爱的心去包容和接纳这个世界，这样的人会收获安宁和幸福。

有的人，在心田里种下一颗善良的种子，用一颗纯洁的心去帮助那些需要帮助的人，不求回报，不图感恩，这样的人会收获温情和喜悦。

有的人，在心田里种下一颗欲望的种子，想要东，想要西，想要的东西太多了，声色犬马，什么都想要，被贪婪的火焰煎烤着，这样的人会收获苦闷和折磨。

有的人，在心田里种下一颗罪恶的种子，人不是天生就有一颗罪恶之心，人性本善，而是某些机缘和成因，使内心有了罪恶的念头，想报仇，想不劳而获，等等，这样的人会收获痛苦和惩罚。

佛说，种善因，得善果，正是这个道理。

每个人的心里都有一亩田，每个人都在忙着种植和收获。心田里，唯有种满阳光和鲜花，才会收获春光明媚。

每个人心里一亩田，用它来种什么？种桃种李种春风，种希望，种快乐！

别等到花儿都谢了

及时行乐当然不可取，但如果及时把想做的事情做了，人生就不会空留遗憾。与其无数次去设想，不如实际行动一次。

父亲种了一株稀有品种的兰草，数年未见开花，每每希望又每每失望，于是更加精心地侍弄，浇水施肥，以寄希望于下一年。

功夫不负有心人，长久等待之后，那株兰草终于芬芳吐蕊，幽香袭人。父亲兴奋地给我打电话，语无伦次地说："花儿开了，真的开了！快点回家来看花儿啊！"

我答应下来。

父亲种的花儿开了，养的鱼儿长大了，买到新鲜的果蔬，总会给我们姐弟几个打电话。有了高兴的事儿，父亲总喜欢找人一起分享，我就是那个他喜欢一起分享的人之一。

可是那段时间，手上诸事繁杂，忙乱不堪，因而回家迟了三五日，谁知那些花儿全谢了。父亲不无惋惜地说："你不知道那花儿开得有多香，你不知道那花儿开得有多漂亮，好几年才开花儿，你居然错过了！”父亲脸上写满遗憾。

我的心中也多了几分惆怅，为花儿而来，然而，花儿却谢了，花期不等人啊！因而生生错过了美丽的花事。

其实哪里只是花期不等人，人生之中很多事儿很多人都不会在原地一直等你。等待的结果，往往是与某些想做的事情擦肩而过，空留遗憾与怅惘。

常常会听到一些人说：“等我退休了就去旅行，用脚把一寸一寸的美景都量遍。等我有时间了就去做运动，把身体锻炼得一级棒。等我不忙了，就回家陪父母择菜做饭，陪父母说说话，唠唠家常。等我有钱了，就买很多很多书，充实人生，为自己充电……”

所有的事情，其中的关键字就是一个“等”字，这个“等”字有很多学问，等将来，等有时间，等不忙……等来等去，这个“等”字变成了一种假设和意愿。

等到退休再去旅行，也许到那时你退休了，但却未必有那个心情，还有身体情况诸多因素制约你；等到有时间再做运动，没准等到你有时间了，身体已经每况愈下，健康已与你相向而行；等到不忙了再尽孝，没准等到你不忙了，父母已经驾鹤西去，不再给你机会；等到有钱再充电，其实只是懒惰的借口，学问从来不是买来的，而是点点滴滴积累下来的。

人生很多事情不能等，因为谁都无法估测未来的事情，许多不确定因素也许就是你的计划和理想的绊脚石，很有可能会一等就等成了永远。

中国台湾作家郝明义倡导把“线型人生”活成“微型人生”，把那些长久的、长线一样的远期规划改为一个月内、一周内甚至一天内去完成。仔细想想，不无道理，及时行乐当然不可取，但如果及时把想做的事情做了，人生就不会空留遗憾。与其无数次去设想，不如实际行动一次。

如果父亲给我打电话，我不拖延那三五日，就不会错过花期，就不会与那些盛开的花儿擦肩而过。等到花儿都谢了，什么都晚了，只能空留遗憾在心中。

无可复制的美丽时光

走过一些岁月，经历过一些事情，才知道，才懂得，光阴不能复制，更不可能重来。每一个人，在长长的光阴河流中，都会有着自己流转的轨迹，而且独一无二、无可复制，也不可能与别人重叠。好的，坏的，都是人生，喜欢或不喜欢，都是命运。珍惜，唯有珍惜。

且走且回望，无可复制的美丽光阴，无可复制的峥嵘岁月。

时光的彼岸，苍苔冷月，洇湿了我柔软的心，蓦然惊觉，光阴如水。

没有月光的夜晚，守着一杯清冷的咖啡，香味不再袅袅，余温渐去渐远。遥遥地，在黑暗中，与另外一个自己对视。穿花拂柳，心作舟楫，穿行在时光的旷野，那些走过的路途，那些失掉的光阴，那些欢乐的、痛苦的过往，在黑暗中逐渐清晰、凸现，开出一小朵、一小朵的花，带着裂帛般的声响，如浮雕一般，镶嵌在光阴里。盛装与否，脂残与否，早已不是很重要的事，重要的是，它真实地存在过和盛开过，带着光阴的味道。

最初，我是不大喜欢自己的。

青葱岁月里，仿佛一枚青果，一夜之间跃上枝头，小小的虚荣心作祟，自卑如爆棚的花儿，时不时爆出一朵，手忙脚乱，猝不及防。

不喜欢自己的面孔，觉得平庸呆板，毫无生气和特别之处。扔在人堆里，就再也不可能分辨出哪个是我，像一粒沙，混进了一堆沙中。

不喜欢自己的工作，觉得碌碌无为，整天不过是忙东忙西瞎忙乎，每一天都重复前一天的日子，就像时光，明明不曾变样，但却已不再是昨日的光阴。

不喜欢自己的家庭，觉得父辈们活得谨小慎微，窝窝囊囊，而我的人生不过是他们的翻版，我的将来不过是他们的今天。

不喜欢是喜欢的前奏，当青春的汁液被风干的时候，我忽然就长大了。当初，那些看起来生死攸关的大事，忽然变得不再重要了。唐时的风，宋时的雨，穿越厚重的光阴，化作一缕闲愁别绪，唯其过程，才能验证曾经的快乐与真实。

后来，我是不大喜欢爱人的。

结了婚才发现，那个人原来和自己心目中的那个人根本不能吻合，所有的浪漫伪饰被生活无情地打回原形。那个人变得毫无情趣可言，琐碎，唠叨，平庸，穿着皱皱巴巴的衬衣下楼取报纸，没有刷牙就开始吃早餐。最要命的是，他睡觉还磨牙、说梦话、打呼噜，我的心被他揉搓得皱皱巴巴，像压在石板底下的水草，想要舒展，除非把石头搬走。可是，那个人，是我生命的一部分，怎么可能搬走？没有了他，我也不再是我。

有一晚，他对我说：“日日相对，你看到的那个我，是真实状态下的我，原生态，没有伪饰，没有做戏，心与心赤诚相对，这是我们的生活，真实，自然。”我不认识似的盯着他看，茶过三味，淡而无味，然而，我知道，味在水中，水在叶中。这些年，我们早已磨合得严丝合缝，虽有不甘，但心下却早已释然。

再后来，我是不大喜欢新家的。

人生像一场旅程，从一个地方赶到另外一个地方，从闹市区搬到郊区，满眼触及的，都是荒凉。周边是光秃秃的山，光秃秃的树，以及裸露的黄土，想要买东西，周边居然没有一家像样的超市。开车进城，要经历塞车，要经历等待。终于，我所有的耐心消磨殆尽，并且开始不停地抱怨：“这是人住的地方吗？要什么没什么。”他问我：“你想要什么？这里不是你说的穷乡僻壤，这里是大学城，毗邻高新区。”我无语，从繁华到苍凉，从五彩霓虹到黑漆漆的夜，我需要过渡。

过了冬天，春风一度，忽然发现那些荒凉寂寞全都不见了踪影，园子里，玉兰、樱花开得绚丽无比；梨花开了，杏花又开，争奇斗艳；绿色的植物，葳蕤森森。我喜欢上这个园子，犹喜西南角上的那个亭子，得闲便拿上一本书，去那里小坐一会儿，吹一吹风，晒一晒阳光，闻一闻花香。

我不再和自己较劲。不喜欢，很累。

走过一些岁月，经历过一些事情，才知道，才懂得，光阴不能复制，更不可能重来。每一个人，在长长的光阴河流中，都会有着自己流转的轨迹，而且独一无二，无可复制，也不可能与别人重叠。好的，坏的，都是人生，喜欢或不喜欢，都是命运。珍惜，唯有珍惜。

且走且回望，无可复制的美丽光阴，无可复制的峥嵘岁月。

心如莲花开

莲，则是那一朵出淤泥而不染，濯清涟而不妖的花。是晨昏里安静地走在上班下班的路上看见新鲜青菜面露喜悦的人。是雨雪天看着天气自然变化心生敬畏的人。是脚步纷繁错乱时内心里还开着花的人。是生活着，爱着，摒弃内心的挣扎、邪念和虚妄的人。

生活着，美好着，就是最好的。

有一位朋友独自出门旅行，第一站去游历名山。

当他踩着苍苔湿露、历尽辛苦到达山顶的时候，他被眼前美丽的风光陶醉了。站在山巅，所有景物，尽收眼底。奇峰怪石，苍松翠柏，千年古树，烟雾缭绕。霞光穿透云层，丛林尽染，美得令人心旷神怡。

都说无限风光在险峰，真的不假。假如不爬到山顶，怎么会看到这么美丽的景致？他唏嘘不已、感叹不已，拿着照相机对着山下的美景横拍竖拍，似乎想要拍尽所有美景。审视一番，欣赏一番，玩味一番，不知不觉，天色向晚犹不自知。

下山后，他才发现，原本热闹的景区早已是游人寥寥，原本想搭乘的那班车也早已不见了踪影。他抱着照相机急得直跺脚。从山下回到自己临时居住的小旅馆，至少有五公里，步行回去至少要一个多小时。更何况从早晨到现在，他在山上已经耽搁了一整天，几乎已耗尽了全部的体能，哪还有力气走回去？

他坐在路口的石头上，开始生自己的气，恨不能抽自己一个耳光。贪恋美景，竟然忘记了跟人家约好的时间，导致被遗忘在山里，倘或山里有猛兽什么的，自己还不成了它们的盘中美食？

胡思乱想着，暮色里，一个卖山珍的老人收好摊子，回头问他：“小伙子，天都黑了，怎么还不下山，在等人啊？”他气呼呼地说：“没车了，怎么走啊？”老人哈哈大笑，爽朗地说：“没车就走回去，生气有用吗？”他说：“实在走不动了，我气自己糊涂，竟然忘记了跟人约好的时间，车早开走了。”

老人乐了：“就这事还值得你生气？我问你，你上山干吗来了？”他想都没想，张口就说：“还能干什么？当然是旅游，看风景。”老人说：“这就对了，既然是旅游，怎么旅都是旅，坐车和走路有什么不同？既然旅行是为了快乐，是为了愉悦心情，你何必自己找气生？何必自己和自己过不去呢？”

他若有所思地点点头。

那天，他在黑沉沉的没有一星灯火的大山里，摸着黑，深一脚浅一脚地往驻地赶。因为地形不熟悉，下山的途中，他还摔了两跤。因为怕照相机摔坏了，每次他都紧紧地抱在怀里。

回到驻地他才发现，情况也没有自己想象的那么糟，仅仅是体力有点透支，受了一点皮外伤而已，想起自己刚才的绝望和自己较劲的样子，不由得笑了。

那次旅行回家后，他用毛笔写下“禅心如莲”四个大字，挂在书房里。我问他因何，他笑，说：“我只是想时刻提醒自己不生气，更不能跟自己生气。”

想想也是，很多时候，我们往往是去寻找快乐，结果本末倒置，生了一肚子的气。不如别人时，会心生嫉妒，失去从容；发生意外时，会心生慌张，失去镇定；痛失亲人时，会心生绝望，失去理智。

很多时候，我们没有学会从另外一个角度去设想，失去从容，只会令自己更加不如别人；失去镇定，只能使事物更加走向反方向；心生绝望，也于事无补，幸福才是所有人的愿望。

莲之所以为莲，是因为莲不慕牡丹之雍容华贵，不慕百合之馥郁馨香，不慕兰花之优雅美丽，不慕秀竹之修长挺拔。

莲之所以为莲，是因为莲安静地做着自己，守望着自己，内省则不浮。

滚滚红尘，灼灼白日，能够安静地做着自己，而不被其他所左右，不是一件很容易的事，除了内心安静宁和，也需要通透达观的智慧。

禅心如莲。

禅，是梵语的音译，是一个人内心深处悠回九转拿不起、放不下时刹那间的顿悟。是一件事情想不明白、想到头疼、想到脑袋大了、想到不再想时忽然某一天的懂得。是深山古刹静守时光、心无杂念、拈花微笑的智者。

莲，则是那一朵出淤泥而不染、濯清涟而不妖的花。是晨昏里安静地走在上班下班的路上看见新鲜青菜面露喜悦的人。是雨雪天看着天气自然变化心生敬畏的人。是脚步纷繁错乱时内心里还开着花的人。是生活着，爱着，摒弃内心的挣扎、邪念和虚妄的人。

生活着，美好着，就是最好的。

淡定是一味药

菊花是淡定的，经霜而不气馁，傲然枝头。兰花是淡定的，深山幽谷，静吐暗香。荷花是淡定的，淤泥之中，亭亭玉立。梅花是淡定的，冰雪之中，芬芳吐蕊。淡定是一种品格，淡定是一种境界，淡定是一种优雅，淡定是一种智慧。

失去从容，方寸大乱时，不妨用用淡定这味药。

我曾亲眼见过这样的场景，一群蚂蚁在大雨即将来临的时候，敏感地嗅到了危险。它们成群结队，开始有条不紊的搬家行动。没有忙乱，没有不安，没有躁动，只有紧张而忙碌的工作，把家搬到另外一个安全的地方。

我也曾亲眼见过这样的场景，一场大风把屋前树上的鹊巢吹落到地上。那些用嘴一根根衔来的草棍，瞬间四散落地。我以为，这些鸟鹊会迁徙，会搬家，或者心生怒火，自暴自弃。谁知没几天，屋前的树上又挂起了一个新的鹊巢。

我也曾亲眼见过这样的场景，母亲在院子里种了几棵桃树，当桃花谢了，青桃像指甲般大小的时候，几个调皮的孩子趁母亲忙碌的空当，把青桃揪落一地，连叶子也没有放过。我以为母亲会发火，去找家长，那些青桃毕竟倾注过她的心血。谁知母亲淡淡地笑了，只说了句："这些顽皮的孩子。"

这样的场景，人生之中，会遇到很多，温暖，感动。那些淡定的处世方式，充满了人生的智慧。

当然，我们每个人也会有另外一些不同的际遇。

比如，辛辛苦苦、费了很大的劲才搞定的一个客户，不承想，半道上被另外一个同事"劫"去了，而上司却指责你、批评你。

比如，多年的朋友，因为一件小事产生了误会，朋友痛心疾首，讽刺你，挖苦你，甚至不理你。

比如，你做了一件好事，被人误以为你沽名钓誉、另有企图。

比如，同学聚会，当年不如你的同学当了大官，当年不如你的同学当了教授，当年不如你的同学发了大财，当年不如你的同学都比你有出息。

比如，早晨开车出门，心情很好，却被另外一辆逆行的车"亲密接触"了……

这种时候，你会淡然处之、一笑了之，还是怒发冲冠、心中燃起小火苗？

其实怒发冲冠，只能使小事变大，大事变得心中装不下，非但于事无补，还会把事情推向另一个极端，于人于己无半点益处。

这种时候，淡定是一味良药，因为淡定能够熄灭内心熊熊的火焰。君不见淡定的"淡"字，左边是水，右边是火，水浇在火上，水至火灭。遇到天大的事，只要心里揣着淡定这味药，就不会捅出娄子。

杜甫有诗曰:“水流心不静，云在意俱迟。”滚滚红尘之中，人不能把欲望、追逐放在第一位，要给心灵留一方空间。

菊花是淡定的，经霜而不气馁，傲然枝头。兰花是淡定的，深山幽谷，静吐暗香。荷花是淡定的，淤泥之中，亭亭玉立。梅花是淡定的，冰雪之中，芬芳吐蕊。淡定是一种品格，淡定是一种境界，淡定是一种优雅，淡定是一种智慧。

失去从容，方寸大乱时，不妨用用淡定这味药。

幸福的视角

幸福不是量化的概念，幸福只是心中的一种感觉，不同的年龄段有不同的幸福。站在不同的角度，幸福的视角也不一样，只要不贪婪，不做不切实际的妄想，幸福就会离你很近。

同学聚会。

十几年未见，那些青葱年华的美丽时光，像一张白纸，写满了沧桑沉重，抑或淡定洒脱。浓墨重彩的人生，铺到宣纸上，就是一段传奇。

杯盘狼藉之余，不知道是谁提议："大家都来讲一讲毕业后这十来年中最幸福的事吧！只讲幸福，不涉及其他，也好给别人的人生点亮一支火把。"

只讲最幸福的事，很多同学都陷入了沉思，因为喝了酒，平常的虚荣与伪装都卸了下来，只剩下一颗纯粹的心，坦诚相对。

小安首先开腔，她说："小时候，看到邻居家的小朋友穿公主裙白皮鞋，坐小汽车去上学，心中羡慕得要死，常常一个人躲在角落里掉眼泪，为什么我的父母只是平凡的普通人？为什么我要穿姐姐淘汰下来的旧衣服？多年之后，我们长大了，那个穿公主裙白皮鞋的女孩，父母离婚了，她失意的时候，只能隐忍在心。而我依旧可以在父母跟前撒娇诉苦。他们平凡普通如一粒草芥，可是，每一次我受伤的时候，他们都会及时伸出温暖的手，接纳我、安慰我。我觉得做他们的女儿是最幸福的事。”

事业有成的魏子叹了一口气说：“别人的眼里，我是一个春风得意的人，事业风生水起。我刚刚离了婚，做回了单身贵族。可是在我的心中，谁都比不了我的前妻。她是和我一起创业的女人。那几年，赚了一点钱，立刻就找不到北了，饭局、应酬，该管不该管的事都大包大揽。深更半夜回家，满身酒气。她的劝谏，我每每当成耳旁风，忽略她，甚至讥讽她。她终于忍无可忍，离我而去。她一走，我立刻就清醒过来。在某种程度上，那个还能和你说真话的人，大约就是身边那个爱你的人。现在我常常半夜醒来，睡不着的时候，就想起她，恬淡、从容、智慧。和她在一起，是我这十来年中最幸福的事。”

坐在角落里，一直没有说话的小强说：“小时候，我觉得能拥有一幢带后花园的别墅，有一辆自己喜欢的小汽车，娶一个漂亮的女人做妻子，是世界上最幸福的事。或许你们会觉得我的理想太物质、太贪婪，但是，那都是因为小时候穷怕了。工作之后，我很努力，加班加点，期望可以升职加薪。终于累得晕倒，去医院一检查，亚健康，忽然觉得很悲哀。没有一个健康的身体，就算拥有再多的物质又有什么用呢？所以我现在尽可能地调整作息时间，科学有效地工作，一有时间就参加户外运动。我觉得，拥有一个健康的身体才是人生在世最幸福的事。”

大家还在继续讲着，气氛很热烈，我的思绪却游离到另外一个问题上。

幸福是什么呢？幸福是一朵莲花，不会因为牡丹雍容而心动，不会因为玫瑰芬芳而向往，不会因为兰花雅致而却步，更不会因为昙花惊艳而模仿。安安静静地做自己，把自己最美丽的一面尽情地绽放，尽情地奉献给阳光雨露，那就是最幸福的事。

生活在这个世界上，每个人都有自己最幸福的事，小孩子的幸福，是拥有一支绵软硕大的棉花糖，或者是一个能飞上天的氢气球。二十多岁男孩的幸福，是心仪的女孩从身边经过时，不经意的回眸一笑，令人怦然心动，多年后想起来，还会激动不已。中年人的幸福，是父辈健康长寿，儿女积极向上。老年人的幸福，就是身边的那个人身体硬朗，陪自己在红尘中一路牵手走过来，儿女有出息。

幸福不是量化的概念，幸福只是心中的一种感觉，不同的年龄段有不同的幸福。站在不同的角度，幸福的视角也不一样，只要不贪婪，不做不切实际的妄想，幸福就会离你很近。

不敢老

男人不敢老，事业上才会有更好的拓展空间。女人不敢老，才会收获美丽动人的爱情。

不敢老，其实是好事。不敢老，就使劲折腾，把事业折腾得风生水起，把生活折腾得活色生香，心态比实际年龄年轻，才会越活越美丽。

二十多岁的女孩子，到了一起就开始抱怨："老了，眼角都有鱼尾纹了，真是岁月不饶人啊！"其实说老的时候，脸上并没有那种年老的颓败与腐朽，相反，倒有一种穿透时光的璀璨与光华——蓬勃的青春，从身体里往外汩汩流淌，那是一种气场，不用说，就可以感觉到，气势逼人。说老，不过是心理上一种隐隐的担心，担心老，是一种自嘲和戏谑。怕老，却并不是真的老了。

其实生活在都市里，很多人不是怕老，而是不敢老。虽然说生老病死是一种自然态势，从嫩绿到苍绿再到墨绿，谁都无法阻挡生命进化的过程，可是一旦言老，就意味着很多事情将前功尽弃，从此停滞不前。

在职场上打拼的人不敢老。朝九晚五，忙忙碌碌，为升职挖空心思，为加薪昼思夜想，加班加点更是家常便饭，眉头都不敢皱一下，永远西装革履，精神饱满。尽管有权威资料说，都市白领长期生活在压力之下，生理年龄普遍比实际年龄要衰老好几岁。长期熬夜，不吃早餐，经常加班，缺乏运动，过劳却不敢言老。新人辈出的年代，谁都不想当前浪，谁都不想死在沙滩上。不敢老，就意味着必须保持良好的心态，积极进取，以攻为守，否则就会被甩出生活的快车道。

一不小心做了“房奴”的人不敢老。买房子时的心情和还贷时的心情绝对是两重天，花园、洋房、观景台，宽敞舒适的大房间，购买时只言感官的冲击和内心的豪情。人天生就有一种贪婪的欲望，好东西都想据为己有，可是一旦做了“房奴”，非但不敢老，就连生病也不敢，每月还贷像一座大山压在头上，再辛苦再无奈也得挺下去，总不能眼睁睁地看着交了一半房款的房子被银行收去吧！不敢老，意味着丝毫不敢懈怠，恪守律己，一步一个脚印，努力工作，然后与幸福联姻。

三十岁了还在做“剩女”的姑娘不敢老。逛街时，走到化妆品柜台前就挪不动步了，这个霜那个蜜，也不管有用没用，一个劲儿地往家里买，想留住青春，就必须舍得投资。进出美容院更是家常便饭，辛辛苦苦赚到的薪水，毫不心疼地送了出去。女友说：“不敢老啊，所以才可劲地折腾。”为了取悦自己，也该尽情折腾，使劲美丽。

不敢老的人其实还有很多。

上有老下有小的人不敢老。古人说“父母在，不远游”，更何况父母未老，为人儿女怎么可以先衰？上有父母要孝敬，下有儿女要抚育，想老实在太奢侈了些。

娱乐圈的红人不敢老。今年二十，明年十八，大有越活越年轻的劲头。尽管报纸网络都在揭秘谁谁谁在装嫩，谁谁谁在扮靓，其实有什么关系？装嫩也好，扮靓也罢，养眼才是真的。

男人不敢老，事业上才会有更好的拓展空间。女人不敢老，才会收获美丽动人的爱情。

不敢老，其实是好事。不敢老，就使劲折腾，把事业折腾得风生水起，把生活折腾得活色生香，心态比实际年龄年轻，才会越活越美丽。

恪守自己的生活守则

时光永远不可能倒流，与其自欺欺人地做着假设，
还不如从一开始就按照自己的生活守则做人做事。

肯定有人会说，人生原本已经很累很枯燥很乏味，再弄个守则给自己遵守，是不是有些教条?

每一个年龄段的人都有着至关重要的关键词，二十岁时激情飞扬，三十岁时沉稳自然，四十岁时大气从容，五十岁时高瞻远瞩，六十时岁时豁达淡定，七十岁时悠然自得……

人生在每一个年龄段里，做着与年龄相称的事情不难，难得的是一辈子坚守自己的生活守则和人生信条。

都市生活，远远没有看上去那么精彩。摩天高楼，香车宝马，美女靓男，流光溢彩的街灯，五光十色的霓虹，香味袅袅的咖啡，此起彼伏的人流，构成了城市生活的表象，是机会与梦想并存的世界。只是这繁花似锦的背后，欲望涌动，纷争不休，充满了尔虞我诈的欺骗，对权力的角逐，对金钱的膜拜，复杂的人际关系，温凉的人情冷暖，更像一个没有硝烟的战场。这中间，有成功者

的喜悦，当然也有失败者的泪水。

繁华喧嚣的都市生活中，你有没有把握不住自己？有没有迷失自己？有没有随波逐流？你有没有自己的生活守则和做人的原则？

很多人可能会不屑一顾，要生活守则干什么？我是成年人，知道自己想要什么，知道自己不想要什么。想要成功，就需要奋斗，而奋斗永无止境，一路勇往直前，才能接近目标。想要幸福，就需要打拼，而打拼需要付出，汗水与泪水是幸福的前奏，鲜花与笑脸是幸福的后续。

有毛病的人，才想要什么生活守则吧？框住自己的结果是，往左碰到了条条，往右碰到了框框，如此束手束脚，有条条框框的束缚，还能做成什么大事？

生活中，很多人没有远期的规划，没有近期的目标，更没有生活守则和做人原则，及时行乐，得过且过，人云亦云。

朋友甲，原本身材很苗条，因为无节制地暴饮暴食，长成了一个大胖子，然后在行动不便中再不停地节食做运动减肥，如此循环往复。朋友乙，因为无节制地放纵自己的欲望，恨不能天下美色都为自己所有，见一个爱一个，最后后方起火，然后又不停地救火熄火。朋友丙，因为心中贪婪的火苗无节制地疯长，最终烧着了自己，是不是自己的东西都要捞上一把，盆也满了，钵也满了，最后却只能在铁窗里面怀想着自由的时光。

其实我们都知道，时光永远不可能倒流，与其自欺欺人地做着假设，还不如从一开始就按照自己的生活守则做人做事。

日本作家村上春树给自己制订的生活守则是：“不说泄气话，

不发牢骚，不找借口，早睡早起，每天坚持跑十公里，每天坚持写十页，要像个傻瓜似的。”

乍看起来，非常简单。

不说泄气话，就是要不停地给自己鼓劲儿，一刻也不懈怠。

不发牢骚，就是保持心态阳光，积极向上，给自己美好的心理暗示。

不找借口，就是不管对与错，都要坦然面对，坦然接受。

每天坚持跑十公里，人有着自然属性，在花草树木繁茂的路上奔跑，身体才能强健。

每天坚持写十页，不停地磨炼自己，才能进步，灵感才不会枯竭。

要像个傻瓜似的，不想不开心的事，不想烦恼的事，吃亏怎么知道就不是得便宜？只有这样，才会更加接近快乐。

逐条细看，仍然很简单，但是若要每天坚持，持之以恒，就不那么简单了。要克服人天性中的懒惰、散漫等种种因素和成分，要克服内因的生病、主观的意愿等，也要克服外因的种种诱惑、环境因素等，正因为不那么简单，在自己的人生守则里行事，才会保持方向性的正确。

生活守则，你有吗？

十万残荷

荷之三味，是一个过程，浓浓淡淡都是人生，起起落落都是生活，什么样的境遇我们都应坦然承受，过好人生的每一天，哪怕终了不过换来一个“十万残荷”的画面。

季羡林老师曾在《清塘荷韵》中说：“楼前有清塘数亩。”只这一句，便让我的想象力长上翅膀。这“数亩”大有学问，想来是一望无际，大有“接天莲叶无穷碧，映日荷花别样红”的蔚为壮观。

盛开的荷花固然美丽，然而，荷花凋谢之后呢？那情，那景，是不是更加动人心魄？

每年秋，数亩清塘，可有残荷十万？花凋籽实，残荷铺满池塘，枯萎、破败，让人想起水墨山水的温婉神韵。

一夜北风紧，落叶飞花，大雁南去。池里的荷花，十之八九花落叶残，满池漂萍浮在水面上，风一吹，瑟瑟抖动。很多人不喜欢这样的画面，萧索、败落、颓废。《红楼梦》第十四回里，宝玉嫌“破荷叶可恨”，嚷嚷着要叫人拔掉，黛玉阻止说：“我最不喜欢李义山的诗，只喜欢他这一句‘留得残荷听雨声’。”

残荷听雨，这种意境不是每个人都能消受得起的。雨打残荷，好比雪上加霜，清冷、孤单、凄凉、迂回、婉转，惆怅落满心头，个中滋味只有个中人才能懂得，才能享受。

我没有黛玉的心境，自然无法体味其中的妙处。我还是更加喜欢作家冰心笔下的《荷叶母亲》中的场景：昨夜还是菡萏的红莲，今晨却开满了，不承想，被繁密的雨点打得左右欹斜。正为红莲担心时，一个大荷叶，慢慢倾侧下来，覆盖在红莲上面……

想来自然界的万物都是一样的，草木亦有情，它们用自己独特的方式表达了彼此之间的爱和对生命的热爱，荷也是如此。

细细想来，荷有三味：小荷，碧荷，残荷，三个递进的层次。荷之三味，也恰好应对了人的一生。

小荷才露尖尖角，好比人之童年。新荷初绽水面，嫩绿的叶子似沉睡的眼睛刚刚睁开，欣喜而好奇地注视着这个世界。一如人之童年，纯真快乐，眼睛里满满都是阳光的碎影，泛着亮泽，不知人间愁苦为何味，用丰盈和向上来诠释生命的起始。

“迨至菡萏成花”，是明人李渔的诗句。“菡萏成花”是说一个花骨朵开至鼎盛，好比人的青壮年时期，绿叶舒展，花朵艳艳，尽情绽放着生动与美丽。人生至此，不能说看透世事，但也经历过一些事情，去掉浮躁，留下沉稳，剩下一颗颗晶莹剔透的果实，生命至此渐渐进入一个全新的开阔地。

“留得残荷听雨声”，自然是李商隐的名句。“残荷听雨”，好比人之晚年，经历了风霜雨雪，经历了春华秋实。亭亭的莲花，碧绿的荷叶，经过季节的淘洗，变得安静恬适、宠辱不惊。残荷听雨，懂得的人，自然能够体会其中的妙处，破败只是一种表象，丰盈才是人生的真谛，生命的柔韧和厚度，这时节才最能体现。

荷之三味，是一个过程，浓浓淡淡都是人生，起起落落都是生活，什么样的境遇我们都应坦然承受，过好人生的每一天，哪怕终了不过换来一个“十万残荷”的画面。

负分清零

现代都市人，生存的空间小，工作的压力大，随着年龄的增长，心中积累下越来越多的垃圾。当人生出现负分，当心情出现负分，不妨尝试一下负分清零，给心灵放个假，你一定会收获意想不到的快乐和安宁。

玩网络游戏的时候，有一个功能叫“负分清零”，很受玩家欢迎。游戏中，玩家分数的多少，代表成功与否，当负分越积越多的时候，玩家往往不愿意找你当对手，更不愿意和你结成同盟。这种情况下，心情往往是灰暗与沮丧的，负面情绪一路飙升和走高。这种时候，负分清零功能就显现出了不同凡响的作用，把负分清零，然后从零开始，重新来过。

负分清零功能固然适用于网络游戏，但是也更适用于人生。有一个朋友，天生的经商奇才，不到四十岁，事业就已经做得很大了，在一方小城更是举足轻重的人物。常人眼里，这应该很幸福了吧？丰厚的物质，他人的尊崇，一般人要为之奋斗一生的事业，他还不到四十岁，就已经拥有了。可是他却并不觉得快乐，越来越厌烦自己的工作。开不完的会，推不掉的应酬，使他根本没有时间顾家陪妻子。

备受冷落的妻子最后跟别人走了，理由是：当金钱和物质变成一串冰冷的数字，唯有爱才显得难能可贵。女儿也离开家住进了学校，读了那么多年的书，父亲从来没有去给她开过一次家长会，他已渐渐游离出女儿的视线之外，距离越来越远，亲情越来越淡漠。

那段时间，朋友的心情坏到极点，对一向倾心和热爱的工作有了抵触。他不得不放下手里的工作外出散心。有人建议他去附近的清凉寺，那是小城唯一一个清心的去处，吃素食，听经文。傍晚夕阳西下，群山尽染的时候，听倦鸟归巢的碎语，听风穿过群山，轻微地叩响清凉寺的古钟。他忽然觉得心中清澄明净，不带有一丝的杂念，那种感觉美好得难以用语言来形容。

他说："我从来不知道，生活还有另外一种过法。每天囚溺在复杂的人事纷争、尔虞我诈之中，脑子都快烂成一锅糨糊。"后来，他每隔一段时间，就去清凉寺住上两三天，定期把坏情绪坏心情清理掉，保持着一种安宁和清新的状态。

朋友的故事让我想起了哈佛大学的一位校长，有一年他向学校请了三个月的假，只身一人去美国南部农村，尝试一种全新的生活。他到农场去打工，到餐厅去刷盘子。在田里做工时，背着老板吸烟，或者和工友偷着说几句话，都让他产生一种前所未有的愉悦。

最有趣的是，他最后在一家餐厅找到一份刷盘子的工作，仅仅干了四个小时，老板就给他结账，老板说："可怜的老头，你刷盘子太慢，被解雇了。”

“可怜的老头”重新回到哈佛，回到自己熟悉的工作环境后，觉得以往再熟悉不过的东西都变得新鲜有趣起来，工作成了一种全新的享受。

现代都市人，生存的空间小，工作的压力大，随着年龄的增长，心中积累下越来越多的垃圾。当人生出现负分，当心情出现负分，不妨尝试一下负分清零，给心灵放个假，你一定会收获意想不到的快乐和安宁。

人生账本里的收支

人生的账本里，种植快乐的时候，收获的是幸福；种植愁苦的时候，收获的是郁闷。你想盈利还是亏损，抑或收支平衡，那要看你以什么样的心态在生活里耕耘。每个人心中都有一本账，答案当然不言而喻。

一个朋友，喜欢用固定的公式套取人生，比如三岁上幼儿园，六岁上小学，十二岁上中学，十八岁上大学，二十八岁结婚，三十岁要宝宝，每一步都不能错。自己是这样走过来的，然后给孩子也是这样规划的，他总结说："这叫什么年纪做什么事情，只能盈不能亏，是最接近幸福的模本。"

初看，这样的公式好像没有什么错处，人生的步骤大致都是如此，但如果往细里深究，可能就会追究出不同的结果。如果一辈子都是一帆风顺可能会套上这个公式，如果有一步出现意外，人生将会截然不同。

每一个人的人生都是独一无二的版本，都是无可复制和替代的。漫长的一生之中，其实只有两本账，事业账本和生活账本。

事业账本里面包括工作、财富等细化的小账本。生活账本里面包括亲情、爱情、友情等细化的小账本。事业风生水起，财富滚滚而来，能够享受亲情之乐、爱情之美、友情之暖，可能就是美满人生吧！

可是，偏偏很多时候，人生是一笔糊涂账，不一定是付出的多，得到的就会多，收入和支出不一定成正比。所谓造化弄人，大概就是指这个吧！比如，你辛辛苦苦努力工作，到头来收成却未必如想象中那么好。比如，你爱一个人，爱得刻骨铭心、死去活来，到头来人家却未必爱你。比如，你和一个朋友的友谊，以为一辈子都坚不可摧，到头来却因为一场误会化为泡沫。这是账本上永远算不清的糊涂账。

一个朋友，只是做生意赔了一点钱。钱财本是身外之物，赔一点钱也不至于毙命，可是他却想不开，天天皱着眉头，深究自己错在哪里。郁闷不开心，不吃也不喝，仿佛天塌下来一般，没有多久便生了一场大病，几乎要了他的性命。后来，经过百般医治，终于好了。病好之后，他才算过账来，如果因为赔了一点钱而丢了性命，那岂不是因小失大了？

另外一个朋友，人到中年，家庭、事业、生活都已日渐稳定，可是丈夫却在这个时候爱上了一个年轻漂亮的女孩。一般的女人，可能会失去理智，跟丈夫吵架，呼天抢地，把事情极力地推向反方向。可是她没有。她用了一些小策略，不吵也不闹，内在修心，外在养性，让他重新看到她身上的优点和长处，让他感知她对他的重要性，对于这个家的重要性。最终丈夫重新回到了她的身边。这一个回合，她无疑是赢家。

其实人生的道理很简单，经得起磨难和挑战，经得起挫折和困难，理顺好事业、财富、生活的主次关系，就很容易有盈余。在人生这本账里，快乐是你的收入，愁苦是你的支出，当快乐多于愁苦的时候，你就赚了。

人生的账本里，种植快乐的时候，收获的是幸福；种植愁苦的时候，收获的是郁闷。你想盈利还是亏损，抑或收支平衡，那要看你以什么样的心态在生活里耕耘。每个人心中都有一本账，答案当然不言而喻。

原创的幸福

原创的幸福还有很多，比如早晨起床后，一抹细碎的阳光落在枕边，窝在被窝里，侧耳倾听厨房里那个人笨拙地忙碌着，为你煎上一只荷包蛋，温一杯牛奶。

一个男孩向我请教怎样种植茉莉花，我的思维瞬间短路，种花我可是外行啊！于是建议他，花木市场有卖的，去买两盆搬回家，不就什么都解决了。

他羞涩地笑了，说女朋友喜欢茉莉花，他想亲手种出来送给女友。我不由得笑了，还有这么笨的男人，女孩子喜欢的花多了，玫瑰、百合、郁金香，花店里有的是，而且都是外地空运来的，新鲜美丽，何必自己苦巴巴地去种？

他说："你不懂，这是原创的幸福。你想想，某天清晨，她站在阳台上梳头，看到我亲手为她种下的茉莉花，开出一朵白色的小花，娇嫩的花瓣上顶着一颗细小的露珠，内心里的喜悦肯定会唱歌。"

我怔住了，他是一个心思细腻的男人，做事情喜欢从"心"出发。然而，对于种花，我实在没有什么经验，最后只能建议他买几本园艺方面的书参考一下。

看着他离去的背影，我反复玩味着“原创的幸福”这几个字。

信息时代，方便快捷，似乎越来越多的人们喜欢把信手拈来的幸福送给别人。比如手机短信，过年过节总要收到一大堆的问候短信，这些问候语大多是手机上互相转来转去的，很少有人花心思自己原创，更不会在印花信笺上写下几个字寄给你。也许幽默的词句会令你捧腹，也许温暖的话语会让你开心，但这些问候却始终无法让你感动，因为里面缺少一颗真诚的心。

真诚的问候是心底轻轻流淌出来的小溪，能轻轻涤掉你心灵上的烦恼和尘埃；真诚的问候是发自内心原创的话语，也许那些词句不够华丽，也许那些词句还存在着语病，但那是一个人心底想说的话，有温度和感情在其中。

原创的幸福还有很多，比如早晨起床后，一抹细碎的阳光落在枕边，窝在被窝里，侧耳倾听厨房里那个人笨拙地忙碌着，为你煎上一只荷包蛋，温一杯牛奶。

也许荷包蛋的卖相不那么好看，也许荷包蛋的味道也不如想象中的那么美味，可是比起饭店里、超市里信手拈来的早餐，还是原创的幸福更让人感动。

原创的幸福是母亲手里的毛衣针，每天忙碌的母亲总会在夜里抽出时间给你织毛衣。天气冷了，总要赶在天冷之前，把毛衣穿在你的身上。其实商店里有各色好看的毛衣卖，款式时尚，好看不贵，真不用这么辛苦，可是母亲说“妈妈织的毛衣暖和”。是的，在很少还有人能穿到手织毛衣的年代，你穿着妈妈亲手编织的毛衣，温暖溢于言表。

原创的幸福在生活的细微处，比如一封手写的信，比如一条原创的手机短信，比如一盆亲手种下的花儿，比如一件亲手缝制的衣服，比如一张真诚的笑脸，比如一个真心的问候，原创的幸福能够直抵人的心灵，让人生出幸福的感觉。

别辜负“相惜”这两个字

两个寂寞的人在一起，有的不是爱情，而是相惜。

只有华丽转身，才不辜负“相惜”这两个字的深情厚谊。

“相惜”是一种什么样的感情？除了相互怜惜，其中也不乏“知己”这一层的意思。因为只有相知才能相怜，相怜才能相惜，“相惜”是介于爱与不爱之间的第三种情感。

她也是想了很久，颇费了些思量，才想明白这两个字的意思。

在一次小规模的圈子聚会上，她遇到他。

那时候，她刚刚从一场爱情中抽身，剥离的疼痛使她身心俱疲，失去了方向。聚会上，她一个人戴着耳机，躲在角落里听歌，那些灰败、苍凉、怀旧的小众音乐，像一根细细的线，勒得她喘不上气来。

她像一条失水的鱼，躲在角落里，大口大口喘息的时候，他过来搭讪，问她听什么歌，这么入迷。她取下耳机，仰着脸看他，眼睛里写满了茫然。

他的心没有来由地疼了一下，她的茫然让他心中生出怜惜。

彼时，他正处在情感空窗期，对于爱情很期待，很渴望。她心灰意冷、素淡安静的样子，唤醒了他内心潜在的温情。

他讷讷地说：“我不过是问你，在听谁的歌？”

她“哦”一声，隔了一会儿如梦初醒似的说：“是那个谁。”

他的眼睛里亮了一下，像一些小星星在闪，有些激动，他说：“真巧，我也喜欢，非常喜欢……”

那天，他们聊了很久。人都散了，他们两个还在角落里窃窃私语。

几天之后，他打电话来，约她吃饭、看电影，去郊外踏青。她想都没想，就答应了。

他是一个有幽默感的男人，博学多才，言语间充满智慧。和他在一起，她很开心，很快乐。她渐渐把那场让她受伤的爱情压在了心底，那些旧伤渐渐结痂。

休息的时候，她喜欢和他一起，在电车上慢慢晃荡，看老城区那些熟悉的旧物从眼前慢慢掠过；喜欢和他一起，在图书馆里，看墙上慢慢游移的光影；喜欢和他一起，开车去郊外，看苹果树开花的过程……

她以为自己爱上了他，可是等到他向她求婚的时候，她才发现，自己的内心除了恐惧，还有不安和游移。

她问自己，那么喜欢和他在一起，那不是爱吗？

想了好几天，一遍一遍地追问自己，最终得出结论：不是爱。

一个人，如果真的爱了，除了想和对方在一起，内心里还会有牵挂、甜蜜和忧伤以及患得患失。她没有，她只是想和他在一起，那不是爱，那是寂寞撒的谎。

想明白之后，她长长地舒了一口气。两个寂寞的人在一起，有的不是爱情，而是相惜。只有华丽转身，才不辜负“相惜”这两个字的深情厚谊。

删繁就简九宫格

删繁就简三秋树，是说秋天树上的叶子都落光了，一眼便瞅见主干。而九宫格日记也是一样，去掉了那些枝枝杈杈修饰词的纠缠，剩下的都是生活的精髓。

我是一个慢热的人，接受新事物总是比别人慢半拍。最初见识九宫格日记，是在一个朋友的日记本上，其实更像是工作日记。因为常常出差，上网不方便，所以她用九宫格的方式，在本子上写日记。我惊奇地问她："怎么想到用这种方式记事?"她说："这种方式，简单、实用、省时、省力、清晰、明了。"

我笑她的十二字方针，不过仔细想想，还真是颇有些创意的，简洁凝练，条理分明，要做的事情一目了然，有章可循。

上网搜索才发现，九宫格日记在都市早已悄然兴起。白领、学生等都是九宫格日记的追捧者。我忍不住也尝试了一下。

从来没有想过，写日记会像做选择填空题一样简单：九个格子里归类了不同的题目，然后对应不同的答案，比如，中间的格子里是天气情况，其他八个格子里依次是工作、心情、健康、关注、八卦等。选择你想要的答案，轻轻点击鼠标，格子里便会出现一个简洁明了的答案。虽然是以简单的词组或句子的形式出现的，但仍然会把一天的情况记录下来，条理清晰，不会占用很多的时间和精力，又能把事情说明白。

九宫格日记更像一个魔方，只用几分钟的时间，就能把自己想记录的事情搞定。微博最多能写一百四十个字，而九宫格日记，每个格子里只能写几个字，比微博还“微”。这有点像做菜时放盐，点到为止，更像一种对生活和工作的总结和备忘。

有人亲切地称这种九宫格日记为“九格时光”，这种叫法有一点小小的温馨在其中。日本人佐腾传是九宫格日记的发明者，他曾倡导的“晨间日记”，在日本风靡一时。就是每天早晨用三分钟的时间写日记，培养一个人做事的计划性、条理性和持之以恒的精神。

简单、方便、快捷，似乎成了都市人的生活信条。繁忙的工作，激烈的竞争，烦琐的家务，错综复杂的人际关系，让很多人焦头烂额，谁还有心情买一本好看的带香味的本子写日记？而带锁的日记本，则多数都是少女时代的梦。带花纹的纸张，有好闻的香味，浪漫而且诗意，只是谁又会把那种小情小调带入成年生活？

很多人都无法长期坚持写日记，那是因为老式日记烦琐，随心情，没有主题，甚至爱跑题，一篇日记往往会花费很多时间。而九宫格日记就是把生活分门别类的规范化。

有人说，九宫格日记是快餐时代的填空题，其实就算是填空题也没什么不好，至少节省了时间，不会像老式的日记方式，信马由缰，漫无边际。小小的格子会提醒你简明扼要，关注一天中的“点”，而不是“面”。

再说，九宫格日记，只是省略了形式上的繁复，不再动笔长篇大论，在思维上其实并没有省略。写九宫格日记的时候，至少你是把一天的学习、工作、生活又重新理顺和回顾了一下，会逼迫你和督促你关注一天中发生的大事。

删繁就简三秋树，是说秋天树上的叶子都落光了，一眼便瞅见主干。而九宫格日记也是一样，去掉了那些枝枝杈杈修饰词的纠缠，剩下的都是生活的精髓。

爱自己是一种责任

一个人如果想要爱别人，首先应该学会爱自己，爱自己的身体，爱自己的健康，不和自己生气，不和自己过不去。一个人如果连自己都不爱惜，怎么谈得上爱别人呢？爱自己，也是为了更好地爱别人。

有一天，朋友问我："你爱自己吗?"我茫然地瞪了对方半天，才回答对方说："爱!"其实，我的内心非常模糊且底气不足，我爱自己吗?

传统的生活理念和生活方式是爱别人。我们从出生到长大，所接受的教育告诉我们，要爱父母，爱儿女，爱你的爱人，爱你的朋友，爱你身边的人，甚至爱陌生人。人生的词典里，唯独没有爱自己这一说。

爱自己，会被人当成自私自利。

在不知不觉中，我们忽略了自己，忘记了自己。身体微恙，小病小痛，忍一忍就过去了，否则会被说成娇气；工作不能放下，那是一个人在社会上立足的标志；父母的事儿大过天，什么事儿都能放下，唯此不能放下；儿女的事儿很重要，不能影响下一代的健康成长——唯独自己，永远排在最末位，或者永远也排不上。

就像一只陀螺，一刻不停地旋转，终于有一天，轰然倒下。

到此时，方战战兢兢地学会爱自己，在瓶瓶罐罐中爱得谨小慎微；也唯有此时，才发现爱自己是多么重要的事。

爱自己，应是不拿自己的身体开玩笑，不拿自己的错误惩罚自己。我曾亲眼见过邻居的一个女孩，如花一样的年纪，只一两年的工夫，就黯然凋谢了。起因是女孩找了一个男朋友，两人好得如胶似漆。后来传出女孩怀孕的消息，男孩却死活不肯同女孩结婚，理由是要先立业。女孩去医院堕了胎。此后，她像变了个人似的，用玻璃片划手腕，厌食，怕见人，吸烟，喝酒，把自己弄得憔悴不堪。

女孩遇人不淑，把一个怯懦的、敢做不敢当的男人当成终身依靠。现在改正这个错误，不算太晚。可惜她一错再错，拿自己的健康开玩笑，对自己的身体施虐。拿自己的错误惩罚自己，已经不是什么明智之举；拿别人的错误惩罚自己，那就更不应该了。

当然，爱自己的方式和方法有很多种，比如给自己丰厚的物质、安逸的生活，比如给自己充实的精神世界。但，这些都抵不上拥有一个健康的身体。健康是一笔无形的资产和财富——可惜这样简单的道理，却非人人懂得。

有的人天天在办公室里加班，仿佛全世界最忙的人只有他，没有他，地球都会少转两圈；有的人天天花天酒地，马不停蹄地赶赴大大小小的酒宴、聚会。其实，天长日久的无形透支，只会悄悄蚕食你的健康，等你发现身体出现问题时，已悔之晚矣。

没有了健康的身体，无论是宏图伟业，还是点滴小事，都会成为天方夜谭。试想，一个人每天都被病痛折磨着，还有余力奢求和实现梦想吗？

一个人如果想要爱别人，首先应该学会爱自己，爱自己的身体，爱自己的健康，不和自己生气，不和自己过不去。一个人如果连自己都不爱惜，怎么谈得上爱别人呢？爱自己，也是为了更好地爱别人。

荷兰学者斯宾诺曾对健康做过精辟的论述——保持健康是做人的责任。为了这个做人的责任，让我们学会爱自己，爱自己就从爱自己的身体开始。

幸福的另类解读

人生就是由这些一点一滴的小事情组成的。握在手里的幸福不知道珍惜，常常渴望那些可望而不可即的，被欲望左右着，这样的人怎么会幸福？

烦恼时，常常盘点一下手中的幸福，就会发现，幸福其实很多，离我们很近，触手可及。幸福要有一颗善于感知的心，慢慢去体会。

生活在这个世界上，很多人都在追寻幸福，幸福在哪里？幸福长什么模样？只怕每个人的心中都会有不同的答案，对幸福的理解各有不同。

有一个朋友，一向是个健康快乐的人，有很好的生活习惯，不吸烟，不喝酒，每天早起跑步。朋友们聚会聊天的时候，大家都在抱怨，抱怨物价越来越贵，去超市里看看，什么都在涨价，捂着腰间的荷包，轻易不敢出手。抱怨街上车子越来越多，走到哪里都堵车，停车比买车还困难。抱怨虚假广告越来越疯狂，简直无孔不入，每走一步，就左右环顾，担心掉入这个陷阱，掉入那个圈套。还有那个谁谁谁，敛财有道，没几天的工夫，就开上了宝马，住上了别墅，一步赶超了周围所有的朋友。

生活在物质时代的滚滚红尘中，谁能不烦心？大家七嘴八舌争论着，唯有这个朋友风轻云淡地笑笑，从来不会介入这种火药味很浓的抱怨。我曾经非常羡慕朋友这种平和恬淡的心态。能在这个物欲时代，保持一颗纯真从容的心，像一朵出岫的轻云，悠然飘在天边，不是一件很容易的事。

前两天，忽闻朋友生病住院，我买了鲜花和水果去医院看他。那天刚好同病房的病友都病愈出院了，只有他拥被独坐发呆。我问他："生了什么病？"

他说："好像全身哪儿都不舒服，哪儿都不得劲儿，蔫头耷脑，打不起精神，可是医生就是检查不出生了什么病。"

我笑了，问他："是不是工作压力大的关系？"

他摇了摇头，叹了一口气，不无遗憾地说："我们单位最近人事调整，本来我升职的呼声最大，可是任命下来，却没我什么事儿。想我这些年，勤勤恳恳，任劳任怨，路不敢多走一步，话不敢多说一句，别人都不爱干的活，只要领导信任我，我从来没有推辞过，可是到头来却没给我升职。那个升职的人哪儿比我强？学历没有我高，资历没有我深，能力更不用说了，业务水平一塌糊涂，可是他却平步青云，真不知道上面是怎么想的。更可气的是，他升职没几天，小房子换成了大房子，旧车换成了新车，生活水准一步一个台阶。"

我听了，忍不住就笑了。一直以为他是一朵出岫的轻云，原来他也有心理倾斜失衡的时候。

我问他："你羡慕了？"

他说："也不是羡慕，就是有些气不过。还有更让我生气上火的事，就说我那宝贝女儿吧，从小到大没让我操什么心，可是最近，这孩子说要放弃考重点中学，非要考音乐学院附中，将来当音乐家，全世界巡回演出。这不是典型的头脑发热吗？我们单位的小赵，就是音乐学院本科毕业，还不是一样在单位打杂？每天只能端水倒茶。偏偏我的宝贝女儿中了邪一般，非要往这条羊肠小路上冲。我一说她，她就跟我急，扬言要离家出走，跟我们脱离家庭关系。"

从来不抱怨的朋友，打开了话匣子。原来他也是尘世烟火里的人。他幽怨地说："我爱人你也是见过的，眼瞅着人到中年，以前只在家里贴贴黄瓜片什么，现在可倒好，热衷美容保养，逛街买衣服，三天换一个发型，两天换一套衣服，品牌香水倒背如流。你说一个快到中年的女人，能抓住青春的尾巴吗？本本分分地过日子有什么不好？偏偏把自己打扮得像T台上走秀的模特儿，她是美了，我的荷包里的银子受得了吗？前两天下班，我居然看到一个西装革履的家伙，开着宝马送她回家。这两天我就琢磨，这么多年的夫妻了，莫非也要我竞争上岗？"

"还有我的父母，辛辛苦苦工作了一辈子，退休了，在家里安享晚年有什么不好？可是老两口偏偏迷上了旅行，热衷于探险漂流一类的户外旅行，让我的心天天挂在嗓子眼儿，电话一响，便心惊肉跳，担心他们会出点什么事情……"

朋友一口气说了这么多，我才明白，原来他并不是真的生了病，而是心情郁闷，生活压力大，致使他逃避到医院里。

我哈哈大笑，说：“你知足吧！你这么幸福还抱怨，还让不让我们活了？”

他惊疑地转头看我：“这是从何说起？”

我说：“你可以反过来想想啊，你那个同事，升职没几天小房换大房，旧车换新车，一步一个台阶，没准儿下一步就迈到了监狱里。人要想把持住自己不容易，有什么好羡慕的呢？你的宝贝女儿要学音乐，恭喜你，说明她已经长大了，有了自己的小思想，也许这种思想还很幼稚，但你可以慢慢引导疏通。你也从少年时代走过，不要把自己的意愿强加给她啊！至于你的妻子，你好好想想，你希望你身边的那个人是一个黄脸婆，还是一道亮丽迷人的风景线呢？你的父母，你就更不用担心了，他们热衷于旅行，说明他们的身体健康，思维活跃。这是多好的事情啊。”

很多时候，我们总是在抱怨，抱怨升职太慢，抱怨工资太少，抱怨上司不公，抱怨老婆不靓，抱怨孩子不听话，抱怨老人太教条。

其实很多时候，我们完全可以换一个角度来看待问题，房子虽小，但是自己的，不用租屋而居。工资太少，但总不至于潦倒到挨饿，三餐有着落。有父母在，可以承欢膝下，享受亲情暖爱。有爱人在，玫瑰余香，幸福久长。有儿女在，可以享受人间天伦。朋友幸福，家人健康，银行里有一点存款，出行有车代步。像电影《没事偷着乐》中的台词：“只要活着，你就可以遇到好多的幸福，哪怕遇到点坎坎坷坷，也会迈过去的。”

人生就是由这些一点一滴的小事情组成的。握在手里的幸福不知道珍惜，常常渴望那些可望而不可即的，被欲望左右着，这样的人怎么会幸福？

烦恼时，常常盘点一下手中的幸福，就会发现，幸福其实很多，离我们很近，触手可及。幸福要有一颗善于感知的心，慢慢去体会。

住在生命里的朋友

真正的朋友不多，一生中就那么几个，可遇而不可求，仿佛空谷幽兰，闻其香而觅。遇到了，一生都不会忘记。那种暗香，那种芬芳，会掠过生命，穿透人生，长久停驻在你人生的码头，那是生命中的珍品。

早晨起来，发生了一件说大不大、说小不小的事情，但却足以让人的心情坏上几天。

仓促间，他的手机不小心掉进了洗手盆里，尽管手疾眼快，瞬间捞起，但手机还是变成了落汤鸡。不得已，只好拆掉电池，拿电吹风把手机吹干。只是这下惹了祸，手机里存的电话号码全都不翼而飞。他捶胸顿足，沮丧懊悔，好几天都郁郁寡欢的样子，仿佛世界末日一般，一个劲儿地嘟囔："我手机里的那些朋友全都不见了，好几百个啊，也没有备份，怎么办啊？"

我乐，安慰他："你仔细想想，那些能记住名字的，多半是你常联系的朋友，所以一定会有办法再联系上。那些叫不上名字的，多半只有一面之缘，或者是不大来往的朋友。既然连名字都记不住，丢了也就丢了，这样的朋友还会不断地认识，不断地添加上来。”

他果然做苦思冥想状，拿了一支笔，把那些能记住的人写在纸上。我拿起来看了一下，他能记住的，除了少数几个朋友，再就是几个同事，几个同学，再有就是家人。他感叹：“平常觉得，朋友遍天下，手机里都存不下了，怎么真到想的时候，却怎么都想不起来呢？”我摇摇头笑：“这就对了，朋友很多，但能记住名字的也就那么几个。而那些记不住名字的，多半只是你存在手机里的朋友，偶然遇到了，也就记下了，但却与你的生活无关，与你的生命更无关联。”

电子时代，人们见了面，习惯用手机把对方的电话号码存下来。这种方式快捷简便，因而每个人的手机里都有几十甚至几百个这样的朋友，平常不大联络，过年过节，群发一个短信，然后便渐渐将其淡忘。有的人，清理手机的时候，会把这样的朋友清理掉。但大多数人，会把这样的朋友一直存在手机里，一直存到偶然丢失了。

其实朋友不在多，三五个足矣，那些宽泛的交往，浅浅的情缘算不上朋友；那些存有功利之心的交往，更算不上朋友。

真正的朋友住在你的生活里，隔三岔五，一起喝个茶聊个天，了解一下彼此的近况。郁闷的时候，烦恼的时候，开心的时候，喜悦的时候，那个能与你一起分享的人，才是真正的朋友。

真正的朋友住在你的心里，不管分开多久，不管距离多远，心中会常常想念和牵挂。遇到高兴的事儿，会想，若朋友在就好了。

真正的朋友住在你的生命里。午夜梦回，你睡不着的时候，拨一个电话过去，对方不会厌烦，也不会吃惊，只会静静地听你说那些不开心的事儿，然后不显山不露水地安慰你几句，不会伤害你的自尊，也不会泛滥同情。

真正的朋友不多，一生中就那么几个，可遇而不可求，仿佛空谷幽兰，闻其香而觅。遇到了，一生都不会忘记。那种暗香，那种芬芳，会掠过生命，穿透人生，长久停驻在你人生的码头，那是生命中的珍品。

真正的朋友，住在你的生命里，而不是手机里，或者其他什么地方。得之，你幸，要好好珍惜。

别等身后的门都关上了

生活中的很多事情都不能等，比如，孝敬父母不能等，享受天伦不能等，一等从此成蹉跎，等到身后的门都关上，就什么都来不及了。你糊弄生活的时候，生活也糊弄你。

一个二十多岁的年轻人，参加同学聚会。当年一起读书的同学，大多在读大学、考研、考博。席间，大家谈笑风生，山南海北，古今中外，畅谈人生。他一句话也插不进去，好不容易熬到同学会散了，他逃跑一样离开了。

回到家里，他睡不着觉，想起自己的少年时代，贪玩、打架、惹事……别人刻苦读书，他嘲笑人家是书虫，又呆又笨。青葱岁月，弹指一挥间，就那样被自己挥霍掉了。

如果再重新来一次，他想自己一定会珍惜的。只是人生没有如果，也不可能重新来过。

一个三十多岁的青年人，参加同学聚会。当年一起读书的同学，大多学有所成，在一方天地有所建树，或者在某一个领域小有成绩。再看看自己，大学毕业这些年，走马灯似的，工作换了一个又一个，每一个地方都待不长久。刚开始，老是找客观理由，什么领导不体恤下属、同事难以协作、工作自身局限性大、没有发展空间，等等。诸如此类的理由，有一火车都不止。时间如流水，过了很多年，自己还是某家单位里刚跳槽过去的新人。命运不公吗？人生无常吗？其实都不是。

一个四十多岁的壮年人，参加同学聚会。当年一起读书的同学，大多是拖家带口一起来的，男同学妻子温柔体贴，孩子天真快乐，一家人幸福美满。唯有他，一个人形单影只，既无妻，也无子。不是他没有机会幸福，而是他一次一次地把机会错过了。这个不够漂亮，那个不够温柔，这位学历不高，那位工作环境不好。他从来没有想过问问自己，是德才兼备的完人吗？凭什么要求别人完美？好不容易结了婚，又无法容忍对方的小缺点、小毛病，最终还是离婚了。他成了孤家寡人，一个地道的幸福旁观者。

一个五十多岁的中年人，参加同学聚会。当年一起读书的同学，大多身体健康硬朗，腰板挺直。五十多岁，本来就不是很老的年纪。可是看看自己，居然有些惨不忍睹。腰也弯了，背也驼了，而且早生华发，慢性病像一个看不见的杀手潜伏在身体里。究其原因，是自己的先天条件比别人差吗？当然不是。一年到头，忙于应酬，生活没有规律，饮酒过量，吸烟无数。别人健身的时候他懒散，别人睡觉的时候他熬夜，极度透支和挥霍健康，他的身体能不比别人差吗？

俗话说，什么季节开什么花儿。人也一样，什么年龄做什么事儿。选择自己的人生目标，然后不停地奋斗和努力。生活中的很多事情都不能等，比如，孝敬父母不能等，享受天伦不能等，一等从此成蹉跎，等到身后的门都关上，就什么都来不及了。你糊弄生活的时候，生活也糊弄你。

第四章

时光的隔壁住着谁

每个人的心中都曾有过一个流浪的梦想，挣脱生活，挣脱束缚，摆脱压力，摆脱牵绊，去远方，去自己想去的地方，像一只自由飞翔的小鸟一样，像一匹脱缰的野马一样，在心灵的旷野上，驰骋一小会儿。

年少情怀总如诗

年少的情怀，有大江东去、惊涛拍岸、卷起千堆雪的狂放和不羁，也有小桥流水、和风细雨、曲径通幽的婉转和柔媚。那是长长的一生中贯穿首尾的一抹淡绿，那抹淡绿是骚动的生命中一直存在的原动力。

记得那个夏天，风绵软无力，像一只温柔的手，轻轻地抚过来。我像喝醉了酒，有了醺醺欲醉的感觉。

他骑着单车带着我，在马路上飞驰。去哪里已经不记得了，只记得他很兴奋，吹着口哨，是一支很欢快的曲子，用以掩饰他的不安和激动。

路两边是白杨树，北方常见的那种笔挺向上的白杨树，小扇子一样的叶子，风一吹，哗啦啦地响，真的很像我们躁动不安的青春。

谁家园子里，蔷薇开得正好，似有若无的香味在空气中弥漫，我想起了一句写蔷薇的诗："因风飞过蔷薇。"是的，所有的香味都是因为风这个多情的媒介，所有的渴慕都是因为青春这个多梦的季节。

十几岁的年纪，还不太懂得爱的内在含义，只知道喜欢。喜欢只是一种单纯的，甚至是纯粹的美好情感，没有任何的延伸意义和附加条件。

那天，在小城的街头，破天荒看见一个卖花的女孩，一篮子的蔷薇，两毛钱一朵。

他跳下单车，在口袋里摸索了半天，摸出四毛钱，买了两朵。然后很细心地把茎上的刺一根一根剥掉，然后在笔记本上撕了一页纸，把两朵蔷薇包好，递给我。

我在旁边静静地看着他。他的唇边刚刚长出短短的绒毛，呼吸轻浅，极认真地做好这一切。

那是我第一次收到花。我拿在手里，放在鼻子下面闻了一下。过于浓郁的甜香，不是我喜欢的类型，可是只因这两朵花是他送的，我的春天便提前到来了，心里满满都是欢喜，仿佛听到花开的声音。

我找了一只小瓶子，盛满水，把两朵花放进去，然后每天趴在桌子上，对着那两朵小小的蔷薇傻乐，仿佛看到他在运动场上矫健的身影，仿佛听到他朗读古文时算不上太好听的声音。

每天换水，两朵花还是眼瞅着要枯萎了。舍不得它谢，于是把花瓣一瓣一瓣摘下来，夹进日记本里。多年之后，那些花瓣析出水分，把日记本洇出一块渍痕；而那些花瓣，也风干成一缕香魂，带着青春的味道。

其实和他没有过多的言语交流，偶尔的一两句，甚至没有仔细地看过他长什么样，可是却说不清道不明地相互吸引，就像磁场，一点点靠近，身不由已，不明所以。

一直关注他的一举一动，他的一笑一颦，一举手一投足。凡是有关他的消息，都是我青春日记本里的重要秘密。

几年之后，青春散场，各奔东西。像两列并行的火车，这中间甚至没有什么交集。然后结婚、生子。短裙换成了长裤，长发变成了短发。有了自己的小家。可是心底始终有一块小小的位置，是为他保留的。

多年之后，去异地旅行，再也没有想到，会遇到他。茫茫人海，这样的概率不是很大。我傻傻地看着他，他早已不再是当初那个挺拔得如同白杨树的少年，而是一个微微有些发福的男人。

人流之中，我们擦肩而过，他甚至没有认出我。这就是我内心深处一直念念不忘的那个人吗？这一刻，我的眼睛没有来由地潮湿起来。想起那一年，我在他的单车后座上，他轻轻丢下的一句话："长大了我要娶你。"

这一刻，我终于明白，内心深处，一直不能忘记，舍不得忘记的，不是那个人，而是我们无法割舍的青春和情怀，相信他也一样。

年少的情怀，如酒一样醇香，如糖一样甜美，如咖啡一样芳香，如诗歌一样浪漫唯美，那些无关柴米、无关风月、至真至纯的年华，是一生中最美丽的时光。

年少的情怀，有大江东去、惊涛拍岸、卷起千堆雪的狂放和不羁，也有小桥流水、和风细雨、曲径通幽的婉转和柔媚。那是长长的一生中贯穿首尾的一抹淡绿，那抹淡绿是骚动的生命中一直存在的原动力。

女红的幽远与美丽

女红，构筑中国传统文化的重要组成部分，竟成了一份奢侈的美丽和惆怅。

尽管市场上泛滥着越来越多、越来越美丽的女红制品，然而，那些多半都是机器制作出来的，没有半点的温度和情感。手工时代的女红变成了一种孤单的美丽和哀愁，停留在我的梦里，久久。

木楼阁榭，青石板路，湿漉漉的江南，蜿蜒的老街，古朴的木屋，咿咿呀呀的乌篷船，诗情画意，一下子涌入眼帘。寻梦乌镇，是想找寻梦里的蓝印花布，那种素雅清淡芬芳的田园之梦。

在一条一条老街上寻找，终于在一个巷子深处觅见——站在蓝印花布的作坊前，仿佛时光倒流。原始的土布，民间的工艺，浓郁的乡土气息，永远的蓝白二色，像一首首凝固的诗，在眼前流动。

我的脚步再也挪不动了，站在一间小小的染坊里，看到了纹样设计、花稿刻制、涂花版、拷花、染色、晒干等工序的全过程演示，想象里的女红终于有了最直接的感受。

旧诗文里，有许多描述女红的场景，比如《红楼梦》第五十二回“勇晴雯病补雀金裘”，比如《木兰辞》中“唧唧复唧唧，木兰当户织”，都是对女红的描述。

印象里，女红是一件精巧细致的手工活计，诗意而且浪漫。美丽温情的旧时女子，独坐绣楼，身边一定有一个寸步不离的花撑。撑子上，一块缎、一块绫或一块绢，绣上美丽精致的图案，或者是一朵娇艳欲滴的花儿，或者是美丽无限的风光，或是一只急于展翅的小鸟……那些图案，生动逼真，针脚细密，用于枕套、丝帕或肚兜等。

有一次，看电视剧《乔家大院》，玉儿回家找她爹借银子，人称“山西第一抠”的老爸，本想狠下心来不借，谁知乖巧的女儿给老爸做了一双白袜子，上面绣上了精美的花朵。

乍看是一双袜子，细看却像一件艺术品。这样一双不起眼的手工制品，让玉儿的爹进退两难，双泪长流，因为那一针一线的缝制里，都是暖暖的亲情和爱，最后唯有长叹：“一双白袜子，骗走了我三百万两银子啊！”

人们对女红充满了诗意的遐想，近乎唯美，其实不然，《辞海》里说，“女红”泛指古代女子纺织、印染、缝纫、刺绣等工作和这些工作的成品。

也就是说，女红是一项名副其实的体力活儿，大户人家的女子，把绣花当成一种消遣，小户人家的女子实质是把女红当成了一种谋生的手段。什么事情一旦沦为职业，就会变得枯燥和乏味。

旧时欢场上的女子，讲究琴棋书画诗酒花，如薛涛、苏小小等都是美艳聪慧的女子，作诗、斗酒，与男人周旋，与女红沾不上半点边儿。唯有良家女子讲究贤良淑德、针线女红，因为女红的好赖，是衡量一个女子好坏的最直接的标准。女红精湛一些的女子，多半会嫁一个好人家，所以一个女子多半要从小女孩的时代就开始修炼女红。

我不大会做女红。初识那个人时，满心的欢喜无法表达，居然想到手工织一件毛衣。结果，不是这儿肥了就是那儿瘦了，最后勉强改成一条围巾，落下一个话柄让他笑话。对于女红，我竟不及母亲之一半。小时候家里穷，母亲会在衣服的破洞处，绣出一朵美丽的花，那个时候，我惊奇无比，以至于多年之后仍然遥遥地怀想。

现代都市女子，大多美丽时尚，光鲜照人，办公室里能够独当一面，商场驰骋巾帼不让须眉，能够分辨出蓝山咖啡与雀巢咖啡口感的不同之处，舍得把大把的时间丢在午后的咖啡馆或者在商业街上漫无目的地闲逛，甚至能把那些繁多又饶舌的洋酒当成宝贝一般，如数家珍。但这些美丽时尚的年轻女子，多数对女红一窍不通，拈不动针拿不动线，衣服偶尔不小心坏了某处，又舍不得丢掉时，会送到干洗店专业织补；哪怕是掉了一粒纽扣，也会找专业人士缝上。对于女红，非但不接触，从本质上，也毫无热情可言。

女红，构筑中国传统文化的重要组成部分，竟成了一份奢侈的美丽和惆怅。

尽管市场上泛滥着越来越多、越来越美丽的女红制品，然而，那些多半都是机器制作出来的，没有半点的温度和情感。手工时代的女红变成了一种孤单的美丽和哀愁，停留在我的梦里，久久。

一枚叫青春的邮戳

那些旧照片一样散淡泛黄的时光，因为纯粹而美丽，因为美丽而盛开，盖着青春的邮戳，在记忆中永远定格。

年少的时光总是美丽的。

那时候我生活在一个以古莲子而闻名的小城。据说古莲子是千年遗留下来的一枚种子，一枚不死的化石。

满塘莲花，风吹荷动，清香萦绕。莲花的香，比别的花儿不同，淡雅清丽，若有似无。当然，我也喜欢莲花的风骨，出淤泥而不染。远远地望去，波光潋滟，一塘碧萍染绿了半边天，连塘边的垂柳也被熏染得多了几分醉意。

我曾和一群写诗的朋友一起，骑着单车去莲花湾看古莲。那时候可真年轻啊，年轻到没有任何的底色和背景，就连“喜欢”这两个字，都是如此纯粹，没有丝毫杂质。我不会写诗，至今都不会，可是这并不影响我当一个听众。

那是一个为诗倾倒和狂热的年代，读顾城，读北岛，也读舒婷。至今仍然记得那些诗句："黑夜给了我黑色的眼睛，我却用它寻找光明"，"我如果爱你，绝不像攀援的凌霄花，借你的高枝炫耀自己"……那些句子，我至今记得，和血液一起流动，镶嵌进记忆里。

我们喝啤酒，读别人的诗，写自己的诗。当然，那些诗写得并不怎么样，但却是内心深处最真挚的情感，是青春的注脚，是快乐的源泉。朦朦胧胧，似懂非懂，却并不影响我们为之狂热和颠倒，因为那些诗句像火把一样点亮了我们的青春，照亮了我们还不曾开始暗淡的人生。

我们读诗赏莲，翘课去电影院看电影。小城很小，骑着单车，半个小时就能把我的小城绕一圈。那家电影院就藏在一个角落里。每天日落时分，夕阳把电影院印成剪影时，我们骑几分钟单车，跑去电影院看看墙上的海报是否换了新的，是不是又上演新片了，那是我们最关注的。

售票的女孩是电影院门口的一个招牌，两条长长的麻花辫，红嘟嘟的嘴唇，齐齐的刘海儿，比海报上的人儿还要漂亮，有留长发穿喇叭裤的男孩，隔老远对着她吹口哨。她不屑一顾地扬扬头，带着几分轻蔑，很酷。

如果现在要问我对电影院的印象，只怕对那个售票的女孩的印象比对电影院的印象更为深刻，因为她红嘟嘟的嘴唇，是那个年代——到处一片灰暗的年代里的一抹最亮色。

电影院应该是一处旧厂房改造的，座椅很密很凉，门口挡着厚厚的旧帆布门帘，进出的时候，多半都会被人摸一把，因此看上去油腻腻的。我们坐在那样一处简陋的电影院里，全身心地、专注地盯着屏幕，眼睛一眨不眨，生怕错过哪一个细节。看到有拥抱和接吻的镜头，女孩会脸红心跳，男孩会吹口哨，掩饰着窘态。

可惜没多久，电影院就改成了录像厅，里面进进出出的，多半是浓妆艳抹的女人和痞里痞气的男人，满屋乌烟瘴气和一地的瓜子皮。我们不再去电影院，青春的脚步仿佛一下子停滞不前。青春没有了出口，我们变得像一只只被圈起来的困兽，乏味地骑着单车在小城里东游西逛，对未来没有设想，对青春没有奢望。

后来，我们常常去小城的火车站，因为我们向往远方，我们想坐火车去小城以外的地方，看看天有多大，看看地有多宽。

起因是，邻居家的一个姐姐，跟着恋人私奔了，就是从这个小小的火车站出发的。这件事情让我们一群半大孩子深受刺激，我忽然对那两根锃亮的钢轨产生了好奇，因为它一直通向远方，可以让人想去的远方。

在那个小而破败的火车站，快车不停慢车停的火车站，看着那些上上下下、进进出出的人发呆，任时光在墙上慢慢游移。设想着有一天，我也会像这些人一样，捏着一张属于自己的火车票，去远方。

经年之后，我的青春遗留在了我的小城。我的小城时光，我的仓库一样腐朽的电影院，我的破败而陈旧的火车站，我的乏味而狂热的青春，都永远地滞留在身后。

有人问我，如果可以选择，你还愿意重过一次那样的时光吗？

我点点头，又点点头，真的，我愿意，真的愿意，那些旧照片一样散淡泛黄的时光，因为纯粹而美丽，因为美丽而盛开，盖着青春的邮戳，在记忆中永远定格。

抄格言的旧时光

怀念抄格言的旧时光，那是我青葱岁月里一点一滴的真情所在。阅读无处不在，最是珍爱那份手写的柔情和温馨。

前几天整理旧物时，偶然从箱底找出一摞日记本，有塑料皮的，有缎面硬皮的，都很旧了，上面积满了灰尘。捧在手里，心里愣怔了一下，然后慢慢滋生出老朋友重逢的欢欣和喜悦。

这些日记本里的内容，其实并非都是心情琐事之类的日记，而是从书上抄录下来的名言、警句、励志短文、唐诗宋词等，封面上是描粗的钢笔字——“拾贝集”。捧着本子，呆呆地看了很久，那是我整个青葱岁月里爱不释手的宝贝。当年，有同学要借阅，我还舍不得呢！一遍又一遍翻看的过程中，本子的边缘已经起毛和打卷卷了。

十几岁的青葱年华里，喜欢一切美好的东西。但是多年前的旧时光里，物质匮乏，信息和媒介远远没有今天发达，见到报纸杂志和书刊便如获至宝，一页一页觅得自己喜爱的句子，然后工工整整地抄录到本子上，那便是我所有的精神食粮。

后来，工作了，结婚了，岁月如白驹过隙，一晃而过，时间也被分割得七零八碎。钟爱抄录格言的嗜好，也不知什么时候被搁浅在岁月的沙滩上。

我变成了全世界最忙碌的人，上班，下班，人事纷争，鸡毛蒜皮的琐事，把内心塞得满满的，不停追赶着时间的脚步，再也没有时间静下心来把那些喜欢的句子抄录在一个好看的本子上，甚至连拿钢笔写字的机会都很少。不知道从什么时候起，写字只需在键盘上噼里啪啦地敲，看书也在网上下载，方便快捷了，但却与那些一笔一画认真落到纸上的方块字渐行渐远。

那天回来时，在楼道里捡到一个海蓝色的软皮本，是邻居的一个孩子不小心掉在楼道里的。随手翻了翻，不禁哑然失笑：骑白马的不一定是王子，他可能是唐僧；带翅膀的也不一定是天使，他可能是鸟人。走别人的路，让别人无路可走。我不是随便的人，但随便起来就不是人。

时代不同了，价值取向也不同了，现在的孩子不喜欢那些板着脸严肃说教的东西，也不会像我们那样，把抄录下来的格言当成宝贝，因为活在当下，有太多的途径可以获取自己喜欢和需要的东西。

在键盘上敲字的时候，听许巍的《完美生活》：青春的岁月，我们身不由己，只因这胸中，燃烧的梦想。低沉沙哑怀旧的歌声，一下子击中我。时光无情，带走很多东西，却带不走我们对美好生活的向往。

怀念抄格言的旧时光，那是我青葱岁月里一点一滴的真情所在。阅读无处不在，最是珍爱那份手写的柔情和温馨。

揭自己的短

青葱岁月里，我们总会走过一段弯路，但是路曲心直，揭开自己的短处，一切还可以重新开始。

十四岁的青葱少年，按说也该有自己的思想和独立的见解了，然而，他却像个长不大的孩子，眼神冷漠，叛逆不羁，常常干出点出格的事。

那天，因为对班级里的一个同学的不满，他悄悄地拿了那个同学的钱。五十块，不多，但却是那个同学一周的饭钱。

在人证物证俱在的情况下，他仍然抵死不承认。他眼睛看着别处，不屑地说：“我们家住大房子，上下学我有专车接送，会稀罕你那点零钱？”他傲慢而且恶劣的态度，不但惹恼了同学，就连老师也束手无策。

最后，老师决定给他父亲打电话。

那天晚上放学后，他忐忑不安地回到家中，心中做好了承受一切的准备。他甚至想好，不管父亲是和风细雨地说教，还是雷霆万钧地咆哮，自己都以不变应万变，抵死也不认账。不就是拿了同学点钱吗？有什么大不了的？

饭桌上，父亲一如往常，看不出特别的表情，只是很平常地问了他最近的考试情况和学习情况。他以为父亲不会追究这件事情了，所以长长地舒了一口气。谁知吃完饭后，父亲说：“一会儿，你到我书房来一下。”

他的心陡然又紧张起来。他把刚才的柔软和温情一并收拾起来，身上的小刺又长出来，梗着脖子，扬着头，一副爱谁谁的模样。

可是迈进父亲的书房，他就傻了眼。父亲沏了两杯茶，放在茶几上，飘着袅袅的香气。这也是第一次，父亲把自己当成成人，用成人的方式分坐茶几的两边，品茶、谈理想、聊人生。

他有些措手不及，也有些感动。

父亲给他的茶杯里续了茶，动情地给他讲述了一个故事。

三十年前，一个少年，也像你这么大，同学问他：“我今天偷偷从妈妈的钱夹里拿了五元钱，你敢吗？”同学的不屑激怒了他，他说：“那有什么不敢的？”同学嘲笑他说：“你是咱们班有名的胆小鬼，谁不知道啊！”说完，同学就跑出去玩了。

为了证明自己不是胆小鬼，那个少年想方设法把父亲的抽屉撬开，拿走了父亲全部的积蓄，一个月的工资——四十三块钱。然后，他拿了那些钱去学校里炫耀，请大家吃饭，逛公园，买小人书，把所有的钱挥霍殆尽。

回到家里，看到父亲发疯似的到处找那笔钱，他缩在角落里不敢出声。原来那笔钱，是父亲节衣缩食积攒下来，妹妹得了急性肺炎，需要住院治疗。

那天父亲把抽屉翻了个底朝天，可是怎么也找不到那笔钱，急得都快哭出来了，自言自语地说：“那钱怎么就长了腿了呢？”

后来，少年的父亲到处找人借钱，见了人就点头哈腰的，好不容易凑了几十块钱，才带着妹妹去医院治病，可是终究因为治疗不及时，妹妹留下了后遗症。每年冬天，妹妹都会喘得很厉害，一动不敢动，稍微一动就上不来气儿，而且一口气提不上来，就有一命呜呼之忧。

故事讲完之后，他和父亲都陷入了沉默的境地。

半天，父亲才接着说：“那个少年就是我。我悄悄地偷了父亲的钱，耽误了妹妹治病的最好时机。我的妹妹就是你的姑姑，每年冬天，姑姑犯病时的样子你也看到了，那就是我少年时犯下的错误打上的永久的印迹。你姑姑很大度，从没有怨恨过我，但是，自己犯下的错，别人谁都不能替你买单。”

他显然受到了震撼，之前一直埋首摆弄手上的一支水晶笔，不知道什么时候停了下来。他抬起头来，定定地看着父亲。

他犹豫了一下，起身从书包里拿出五十块钱，放在茶几上。父亲笑了，在他的肩上拍了两下，说：“明天把钱还给同学，说不定这钱也是人家等着急用的。”

青葱岁月里，我们总会走过一段弯路，但是路曲心直，揭开自己的短处，一切还可以重新开始。

贫穷而不卑微

有时候钱多并不代表优势，林小北等到了这样一个机会，只要有机会，豆芽菜也会长成参天大树。

林小北是一个大四的学生，站在一排学生中间很不起眼，像根瘦瘦弱弱的豆芽菜，戴着与面孔不相称的大眼镜。周小升怎么也不会想到，他就是老总要找的那匹黑马。

周小升所在的这家公司是本市一流的房地产开发企业。几个月之前，老总吩咐人事部给他物色一个得力的助手。按照常规，人事部去人才交流中心挂了号，在本市的大报上登了招聘广告。结果可想而知，应征者众，甚至不乏海外归来的有识之士。

忙活了大半个月，优中选优，选了几个各方面条件都非常优秀的应聘者，结果拿到老总那儿，却都被一一否定了。

老总姓陈，在用人上自有他的一套。那天，他拉开人事部的门，对着屋里喊："谁跟我去招聘？"周小升刚好手里没什么事情，就跟着陈总前往。

陈总带着他去了本市的一所大学，他决定在应届毕业生中招聘一名总经理助理。对于陈总的举动，周小升不大认同，就算这些学生真的是黑马，也是没有经验的黑马，他也太敢冒险了。

原以为这些天之骄子，对于这样一个职位，不会太感冒，想不到报名的人却很多。主考官当然就是陈总，他考试的方式很特别，题目自然也很刁钻。

他让那些参加招聘的学生站成一排，然后他出了第一个问题："家住在本市的学生站出来。"结果那些家住在本市的同学，脸上带着扬扬得意的优越感站了出来。一般情况下，招聘单位不愿意解决新人的食宿问题，所以都会"就地取才"。想不到陈总却说："你们可以走了。家住外市的同学，你们也可以走了。"

那些衣着光鲜、来自城市的同学，一下子都走了，剩下的是一些来自农村和山区的同学。陈总说："每个月生活费在一千块以上的同学站出来。"呼啦一下，大部分同学都站了出来，只剩下三个同学还站在原地。周小升以为这三个灰头土脸的同学必走无疑，谁知陈总却对那些站出来的同学说："你们也可以走了。"

剩下三个同学，一看就知道生活条件不怎么好，面有菜色。周小升搞不懂陈总的葫芦里卖的是什么药。其中一个同学来自本市郊区，木讷少言，站在那里，垂着头，一言不发。另外一个同学来自大西北，自卑胆怯，站在那里，目光游移不定。而最后一个同学来自贵州，他叫林小北，站在那里，目光明亮地盯着陈总。

陈总逐一问他们生活费的来源。本市郊区的那个同学说，他的生活费和学费都来自父亲，父亲下岗后，靠碰海供他上学，运气好的时候碰海能碰海参之类，所以他的生活费时多时少。来自大西北的那个同学，他的父母都是农民，面朝黄土背朝天，他的生活费和学费多半来自捐款，少半来自贷款。唯有林小北，他的生活费和学费是自给自足的。

陈总问林小北是怎样挣到自己的学费和生活费的，林小北不卑不亢地说："课余打工和写作。我在学生食堂里洗过碗，做过家教，派发过广告，给期刊杂志写过稿，供自己读书绰绰有余，而且还可以帮家里还一些外债。"

陈总的脸上露出满意的笑容，他站起来说："小伙子，你是好样的，就是你了，你还欠多少钱没还上？"

林小北想了一下说："两万块吧！"陈总顺手从口袋里掏出一张银行卡递给林小北："这里有点钱，你去把欠款还上，准备一下，然后安心到公司里来上班。"

周小升发现林小北攥着银行卡的那只手有些抖。他不敢相信地看着陈总，周小升也是第一次发现威严的陈总还蛮有人情味的。

很多时候，人尽管有很多事情不能按照自己的意愿去选择，比如出身，比如父母，比如健康，但却可以按照自己的意愿去生活。

有时候钱多并不代表优势，林小北等到了这样一个机会，只要有机会，豆芽菜也会长成参天大树。

用音乐疗伤

很多事情，只有经历过以后才会明白，人生的任何一个环节，任何一个过程都是美丽的，包括失败、失恋。失败也好，失恋也罢，彼时彼刻，会觉得难受、难过，可是经年之后，想起自己曾经那么真实地心疼过，流泪过，就不会遗憾了。唯其过程，才能印证，我们曾经来过这世界。

人生的过程，不求完满，不求完美，只求真实，只求真诚。

多年前，我住在郊区的一个小镇上。旁边有一户人家，拥有一个独立的小园子。春天来临的时候，微风轻轻地掠过，篱笆边的蔷薇花便会得意地摇晃起来。一阵阵馨香便会越过篱笆，和路人打招呼。

那些花儿开得美，开得艳，开得热闹纷繁，像浪漫的十四行诗，像印花信笺，有暗香盈袖，自顾自地优雅芬芳。有黄色的，有粉色的，还有白色的，偶尔会有几枝伸出篱笆外，招惹得孩子们伸手去摘，结果被花刺扎到了手。孩子哭了，大人却笑了，说："这些孩子可真淘气。"说完，兀自走开。我却想起一句诗："满架蔷薇一院香。"

那时候，真的很羡慕有这样一处小房子。在高楼林立的都市里，能有一个独立的小园子，无疑是很奢侈的。小园的主人是一个年轻的男人，三十岁上下的样子，很有文艺男青年的范儿。他个子很高，有点瘦，平常不大跟邻居们来往，和老奶奶、一只大黄狗、一只小花猫生活在一起。

老奶奶的牙齿掉了，也不去镶补，说话漏风。大黄狗常常是瞪着足有两瓦的眼睛，探照灯一样盯着过往的行人，一副忠心耿耿的样子。只有那只小花猫挺活跃的，在窗台上跳上跳下。偶尔我们家炖了鱼什么的，小花猫会闻着香味儿不请自来，当一回不速之客。

这样一家子，四个成员，很和谐地生活在一起，其乐融融，从来没有和邻居发生过什么不愉快。

有一段时间，不知为什么，年轻的男人迷上了手风琴。在月光如水的夜晚，一个人在月下拉琴，琴音如泣如诉，如水一样轻轻地流淌着，有些忧伤，和着风的声音，一缕一缕，直往耳朵里钻。我静静地听着，感觉像风轻轻掠过田野，苹果花儿都张开了小嘴儿，树木轻轻地摇曳舞蹈，一滴水滴落湖心，月光碎成一池的浮萍……

那些忧伤的情绪紧紧地裹住我，我透不过气来。越想挣脱，就越挣不脱，于是，抱着手臂，在屋子里烦乱地走来走去。

有邻居忍不住，从窗户探出头来大声呵斥："神经病，半夜三更不睡觉，拉什么琴啊？”

琴音戛然而止。我掀开窗帘的一角，努力向那个小园子眺望，那个年轻的男人抱着风琴，孤独地站在月光下，轮廓模糊，一动不动，像一幅剪影。我暗自揣测，他一定是遇到了什么不开心的事，不然不会如此。

如果不是那个邻居先于我而大声呵斥，我想我也会说他几句的。那时候孩子尚小，我担心这样的音乐会影响他的睡眠。有人制止他，我就不用跟他交涉了，于是长长地舒了一口气，如释重负。

可是第二晚，音乐重又响起，这样断断续续，持续了好几个月。奇怪的是，孩子并没有因为音乐的影响而出现异常；相反，却在轻柔的音乐声中睡得很安稳踏实。

多年后，听尤静波的《孤独的风琴手》，那么熟悉的旋律，让我想起月光下，那个孤独的拉风琴的男人。我恍然大悟，那个旧邻居，那个年轻的男人，之所以那样疯狂地拉风琴，一定是在风琴声中，用音乐疗伤。

很多事情，只有经历过以后才会明白，人生的任何一个环节，任何一个过程都是美丽的，包括失败、失恋。失败也好，失恋也罢，彼时彼刻，会觉得难受、难过，可是经年之后，想起自己曾经那么真实地心疼过，流泪过，就不会遗憾了。唯其过程，才能印证，我们曾经来过这世界。

人生的过程，不求完满，不求完美，只求真实，只求真诚。

错误衍生美丽

浅浅，是一种境界。喜，是平常人都会有的一种情愫。悦，则是一种被恰好击中的快乐。

心中常怀喜悦，快乐才会肆无忌惮地绽放。

我坐在茶吧的落地窗前，看着她从远处款款走来。人流里，她依然是那么出色，浅米色的风衣，颈间系一方湖蓝的丝巾，整个人看上去生动妩媚。

及至她推门而入，站在我面前，我才惊愕地发现，这个美丽优雅的女子，不知道什么时候额头上多了一条狰狞的疤痕，蜿蜒如山溪自额上流入眉间。原本清秀的面孔，因为这条疤痕变得丑陋起来。

我怔在那里，不知道该说些什么好。

她笑靥如花，推了我一把说："不认识我了？"

我在心中反复掂量措辞，怕伤害到她，也怕勾起她的伤心事，浅浅地问了句："你这里，怎么了？"我用手指了一下她的眉间。

她笑，朗声说："去旅游，出了车祸，最直接的后果就是多了这个月牙般的疤痕。”我叹了一口气，心中多了悲悯，眼睛看着窗外发呆。车如流水，行人如梭，暖阳融融，岁月安好。可是人生在世，一不小心，就会有这样或那样的祸事悄悄地接近我们，而我们却浑然不知。

我安慰她：“大难不死，必有后福。更何况这条月牙状的疤痕，让你看起来更加具有古典美。”我知道这话是多么苍白无力，而且多少也有些违心，可是她是我的朋友，我不能让她雪上加霜更难过啊！如花的年纪、美丽的容颜，忽然就多了一道让人恐怖的伤疤，任谁都难以接受。

她并没有我想象的那般悲伤和难过，相反倒有一丝欣喜挂在眼角眉梢。我不解地看着她。她像一个俏皮的邻家女孩，狡黠地看着我说：“我的快乐不是做给你看的，而是发自心底对生活的感激。在常人的想象里，我应该像一朵萎谢的花儿，长吁短叹，愁眉不展，在悲伤里沉沦，但这只是常人的逻辑。”

她端起精致的骨瓷杯，轻浅地啜了一口茶，接着说：“刚开始我也接受不了这个现实，可是后来一想，任何事情都应该反过来想一想，至少我现在比当初想象的状况要好很多，能够行走自如，能够正常地工作和学习。至少我现在还活着，能和亲人在一起享受天伦，能和朋友在一起分享快乐。这件事至少让我学会了懂得和珍惜，用捡回来的余生，更加快乐地生活。”

我如释重负，不用再挖空心思地想着如何安慰她，有一丝浅浅盈怀的喜悦，悄悄地爬上我的心头，像街边花坛里迎风而立的向日葵，摇摇摆摆的，都是浅浅的喜悦。

很多时候，我们会用那些意外发生的错误和灾难所造成的后果，毁灭性地惩罚自己，甚至心甘情愿地沉沦其中不能自拔。很少有人会像她一样，从最坏的结果里面看到希望的端倪。

想来很多人都没有那样的悟性，会被生活中的一些意外打个措手不及，会被一些或大或小的事情左右心情。升职无望，除了抱怨还会跑去酒吧借酒浇愁。和恋人分手，除了失望还会觉得是世界末日。偶尔生病，除了怨怼，也会觉得被生活亏欠了……

其实很多事情并不是像想象的那么糟糕，换一种思维方式，换一个看问题的角度，会发现很多事情根本不是当初想象的样子，所谓“横看成岭侧成峰”，就是这个道理。

有一次，在公交车上，看见两个外地口音的女孩儿在争论一件事情，两个人对着一张城市地图指指点点。

原来她们是想去一个著名的旅游景点，结果乘车时，因为路线不熟悉，坐了反方向的车。

我以为这两个女孩一定会懊恼、赌气、吵架、抱怨，谁知其中一个安慰另外一个说：“错就错了吧！我们不熟悉这个城市，刚好趁机浏览一下城市风光。”

我的心温柔地动了一下，如果让一个错误衍生出另外一个错误，那一定是愚蠢的行为。如果让一个错误衍生出一个美丽的结局，那一定是充满生活智慧的行为。

看着两个女孩醉心美丽的城市风光，我的心中被浅浅盈怀的喜悦填充得满满的。我喜欢“浅浅盈怀的喜悦”这句话，是的，我喜欢。

浅浅，是一种境界。喜，是平常人都会有的一种情愫。悦，则是一种被恰好击中的快乐。

心中常怀喜悦，快乐才会肆无忌惮地绽放。

站在冬天里的秃树

站在冬天里的秃树，装饰别人的风景，也装饰自己的梦。有梦的人不会苍老，有梦的树四季常青。

车过山岗的时候，忽然就发现了那棵树，它突兀地站在冬天的地平线上，远离成片的森林，独自站立在寒风中，苍老，孤独，虬枝盘结，努力想把枝丫伸向天空，却怎样都伸不直。

那时节，夕阳西下，有飞鸟还巢，金色的夕阳把那棵秃树镀了一层金。暗淡的背景里，那棵秃树像一张逆光的照片，虽然突兀，但却唯美，清凉，没有一丝烟火气息。周遭的山岗、田野、石头，兀自静默。唯有风，像一个行吟诗人，抚过秃树，抚过旷野，抚过泥土，抚过沙石，留下一行行蹩脚的诗句。

没法儿不心动，没法儿不震撼，为一种生命力，即便凋落，即便颓败，仍然孜孜以求——向上是它不朽的生命力。

可是这棵秃树，我一点都没觉得它丑。它姿态从容优雅，一副经风见雨、处变不惊的模样，让我想起了老屋门前的那棵树，四季都是光秃秃的，枝丫上没有一片叶子。不管是春天还是夏天，也不管是秋天还是冬天，它一直都是这样光秃秃的，但它却一直是有生命力的，是鲜活着的，它树干里新鲜的养分和水分就足以见证。

如果树记得自己的年龄，它一定是很老了，老到沧桑，老到连一片叶子都承载不起。当然，它也曾有过灿烂年华，浓荫如盖，蔽日遮天；它也曾有过繁花似锦，蜂蝶萦绕，郁郁葱葱。我曾在它尚且美好的年华里遇到过它，也曾在它硕大的树冠下乘凉、奔跑、嬉戏，也曾在它的满树繁花下忧伤、郁闷、思索……它记着我们的一举一动，一笑一颦，它记得我们曾经的欢乐与悲伤，不管风雨雷电，不管冰冻霜寒，初衷不改地守护在老屋旁边。

可是有那么一天，一个大雨之夜的早晨，那株苍老的秃树，一声不吭地倒下了——它的枝干满是皱褶，四分五裂地倒在地上，被摔成几截，腐朽不堪。它有多少年没有长过叶子了？难道它已经老朽得承载不起一个鸟巢？它是老得再也没有一丝力气挺立了吗？

秃树不在了，留下一个光秃秃的树墩，那些鸟儿搬家了，我也迁徙了，远离了秃树，远离了老屋。可是不管走到哪里，那棵树，没有一片叶子的秃树，一直都默默地站在我的心里，像图腾，像支柱，像我依恋不舍的伴侣。

车子越过山岗，飞驰而去，那棵站在山岗上的秃树，转瞬便被落下很远。我回头，这棵站立在冬天里、似曾相识的秃树，透过车子带起的风沙烟尘，依旧傲然挺立在山岗上，依旧肃穆安静地挺立在寒风里。

丑陋吗？其实也不见得，丑不丑，在人心。记得看过一幅漫画，说一个人的思想就像底裤，你不能逢人就展示出来，告诉人家你多有思想。秃树也是一样，树有树的内涵，树有树的灵魂，美与丑需要慢慢琢磨和参悟。秃树自有秃树的风韵和意味，懂得的人自然会体味它的好与妙。就像人生的每一个年龄段，童年有童年的纯真和烂漫，少年有少年的美丽与憧憬，老年有老年的芬芳和韵味，不经历，怎么知道其中的曼妙？

站在冬天里的秃树，装饰别人的风景，也装饰自己的梦。有梦的人不会苍老，有梦的树四季常青。

菊花黄时螃蟹肥

偶尔也会想起童年时，牵着父亲的手，去海边翻石板，捉小螃蟹。每次翻开石板，看到小小的螃蟹横行逃跑，我就乐不可支。提着装在瓶子里的小螃蟹，恣意快乐地回家，路边的野菊开得正盛，父亲随手摘下一朵插在我的鬓边。

父亲在楼前开垦出一块小园，精心栽种了各色品种的菊花。秋风乍起，大朵大朵的菊花，以怒放的姿态映入人们的眼帘。

这些被父亲视若珍宝的菊花，以黄、白居多，也有一朵花两种颜色的，被父亲冠名“二乔”。想是以美人命名的缘故，此菊在风中越发摇曳生姿。

自古咏菊花的诗很多，大词人苏轼认为“宁可枝头抱香死，不肯零落随尘埃”才是菊花的风骨，写下了“秋花不比春花落，说与诗人仔细吟”的诗句，因此遭贬，留下一段逸闻史话。

父亲不大读这些诗。艳阳高照的日子，会把小朵的菊花采摘下来，洗掉灰尘，在阳光下烘晒，待干后收到透明的玻璃瓶子里送给我，说是常喝菊花饮，清热败火明目，保持身心健康。

有时候冲一杯菊花茶，看着茶杯中起起落落的菊花发呆。想起父亲，心中怅惘，父亲老了，鬓边已经开始有了白发。

有一天，父亲打电话给我，说是菊花开了。放下电话，我兴冲冲地跑回家。菊花黄，螃蟹肥。父亲说菊花开了，想必是有螃蟹可吃。

推门进屋，果然，蒸好的螃蟹在屉上趴着。这群坏家伙再也不能横行霸道了，抓起一只握在手里，狠狠地啃。我知道我这吃相不够淑女，人家黛玉只吃一点子蟹夹肉就会心口疼，而我吃了三只竟然意犹未尽。我贪婪的吃相让人忍俊不禁，后来才知道，那次我一不小心吃了双份。

后来，有了自己的小孩，看着小家伙吃东西，想起那次吃蟹，父亲站在边上，看着我贪婪的吃相，脸上露出幸福的微笑，我开始懂得什么是幸福。幸福就是无条件地给予，幸福就是无条件地去爱。

秋风起，菊花黄，螃蟹肥，秋天是吃蟹最好的季节。海蟹鲜，河蟹香，因为临海，我们常吃的是海蟹，如赤夹红，生的时候是青色，挥舞着蟹钳，有些霸道；蒸熟后，蟹脚以及蟹身都变成赤红。

蟹有很多吃法，闽粤人喜欢啖煮蟹，宁波人喜食醉蟹，南京则是蟹黄包的发源地。我是北方人，喜欢蒸蟹，而我先生则喜食盐蟹。当然，煎炒烹炸随自己的喜好，随自己的口味，更随自己的心情。

吃蟹有很多的讲究，有的人喜欢用专门吃蟹用的工具，桌、锤、斧、叉、剪、镊、钎、匙，一道一道工序下来，很烦琐，即俗称的“文吃”，当然也可以自己挥舞着双手上阵，吃得高兴，吃得快乐就好。

《红楼梦》第三十八回曾对吃蟹赏菊有过精彩的描写，碧水荷香环绕的藕香榭里，众人吃酒、啖蟹、赏菊、作诗，用菊花叶儿、桂花蕊熏香的绿豆面子洗手，那一回的铺张和奢华令人咋舌。

都说第一个吃螃蟹的人是勇敢的人，现今大家是没有机会做第一个吃蟹的人了，当然也不可能像《红楼梦》描写的那样烦琐和讲究，生活在钢筋混凝土丛林中的都市人，在快节奏的生活中，步履变得匆忙，很难停下来像贵族的公子小姐那样，为一片落叶抒怀，为一瓣落红惆怅，甚至为一只螃蟹赋诗。当然蟹还是要吃的，多数人还是会选择“武吃”，吃蟹本就不是一个斯文的活儿，只要吃得尽兴，比什么都好。

偶尔也会想起童年时，牵着父亲的手，去海边翻石板，捉小螃蟹。每次翻开石板，看到小小的螃蟹横行逃跑，我就乐不可支。提着装在瓶子里的小螃蟹，恣意快乐地回家，路边的野菊开得正盛，父亲随手摘下一朵插在我的鬓边。

不大常常回望走过的来路，但还是依稀看见那个鬓边插了朵黄色野菊花的小女孩，在秋天的阳光下，嘴里喊着：“爸爸，等等我！”

擦肩而过的温暖

两支火把，点亮自己的必然使世界一片光明，照亮别人也照亮自己。而没有点亮自己的必然使世界一片黑暗，没有照亮别人也使自己处于黑暗之中。

能够选择的时候，为什么不选择照亮别人？那会使自己也处于一片光明之中，照亮别人也是照亮自己。

暮春，他去乡间办事，因为乡间空气清新，又偶遇故交，所以牵绊至晚方才往城里赶。谁知晚间竟然起了大雾，能见度不足一米，想把车子开得飞快显然不可能，只能借助车灯，像蜗牛一样慢慢地爬行。

车至高速路口，因为大雾，高速通道已经封闭，他像一只泄了气的皮球，在封闭的栏杆外面踟蹰良久。给家人打了报平安的电话，然后才磨蹭着转向乡间土路。

刚刚打过方向盘，忽然听见路边响起一声汽车喇叭。在这空旷无人的乡间野外，自然是吓了一跳，想必是和他一样困在这个前不着村后不着店的地方吧？他揣测着，借助车灯，看清是一个年轻的男人，正摆手跟他打招呼，高喊："你是回城里的吗？"他并没有停留，只摁了一下汽车喇叭，以示回答，然后匆忙离去。并不是不懂得起码的礼貌，只是，这荒郊野外，又是陌生人，怎么可以随便停留？

顺着乡间土路，他凭借惯常的经验和汽车萤火虫一样的灯光，紧紧地抓住方向盘，逶迤前行。他手心里都是汗，担心路上冷不丁蹿出个人或者小动物什么的，他可不想当马路杀手。忽然想起刚才在高速路口遇到的那个年轻人，他或许是和自己一样，只是在这样的大雾的夜里驾驶有些害怕，或者家中有什么急事也说不定，所以才会连夜往城里赶。好不容易碰到一个顺路人，自己却不搭理他，自己的戒心会不会刺伤他？

越是想集中精力开车，越是无法集中，眼前老是晃着那个年轻人焦虑的面孔。无奈，他只好掉转车头，驶至高速的收费口。那个年轻人依旧在，他倚在汽车上吸烟，唇边亮着一点忽明忽暗的亮光，脚下已经是一堆烟头。看见他回来了，年轻人显得很兴奋，狠狠地把烟头掼到地上，眼睛里闪着光亮，他说："我就知道你不会把我扔在这儿的。"

那个大雾之夜，两台车就像大海里的两叶小舟，悠悠忽忽，一前一后，慢慢行驶。说实话，他的心中也没底，可是年轻人坚持要回城，他的语气不容商量。

年轻人开着车紧紧地跟在他的车后，他像一个开路的先锋，勇士一般摸索着前行，有好几次，险些掉进路边的悬崖。身上的衣服已经被汗水湿透，贴在身上，有冰凉的感觉。方向盘紧紧地攥在手里，都快被揪下来了。

到达郊区时，已经是夜里十二点了，平常只用一个小时的路，今天整整用了四个小时。看到城里的灯火时，他有想哭的冲动，那是一种久违的亲切，尽管那灯火被大雾裹住，并不明亮。

年轻人要跟他分道而行，停下车，跑过来跟他握手道别，说：“今天晚上多亏了你，不然我真的不知道该怎么办。我母亲突发心脏病，躺在医院里，所以我必须赶回来。”说着，年轻人向他鞠了一个深深的、九十度的躬。他连忙躲闪到一边，说：“受之有愧，要说谢，应该是我谢谢你成全了我。”他惊诧地瞪着他，不明所以。他说：“谢谢你在原地等我啊，不然这件事情会让我寝食难安，能搭把手的时候，我却把手缩到袖子里，我一定会后悔的。”

年轻人脸上的阴霾一扫而空，取而代之的是明亮的笑容，他说：“老兄，你的心眼儿真好！”

他目送年轻人离去，忽然发现年轻人车的后屁股上贴着大大的“新手”两个字。下面还缀着几个小字，“别吻我！”他不禁哑然失笑，调皮的年轻人，原来竟是一个新手。

那段时间，他的心情一直很好，老是不经意地吹口哨，或哼上几句歌，别人问他：“中彩票了，还是买的股票涨了？”他笑，故作神秘地说：“天机不可泄露。”其实，他快乐，只是因为偶然帮助了别人，而别人也接受了他的帮助，所以心中舒服。

记得有一个故事说，两支火把，点亮自己的必然使世界一片光明，照亮别人也照亮自己。而没有点亮自己的必然使世界一片黑暗，没有照亮别人也使自己处于黑暗之中。

能够选择的时候，为什么不选择照亮别人？那会使自己也处于一片光明之中，照亮别人也是照亮自己。

幸福的底线

如果给幸福画一道浅浅的底线，那就是拥有健康的身体和健康的心理。幸福的所有条件，以健康排在第一位，因为健康是本，是生命之本。

偶然在街上遇到一个旧同事，她曾经是一个年轻时尚的姑娘。乍见之下，竟有些不敢相认。

那时，她是那么漂亮，鲜嫩的肌肤，白里透红的脸蛋，说话的声音像风吹响了窗前的风铃。很多人都喜欢她。

直到办公室里的小赵从外地出差回来，看到她，大呼小叫，有些戏谑地玩笑道："怎么几天没见，你就长胖了？"从那以后，她沉默了很多，天天忙着吃减肥药、节食，中午别人去餐厅吃饭，她躲在一边咽口水。

说句良心话，她真的不胖，匀称的体形，健康的身体，花朵一样的年纪，可是小赵的一句话，从此把她推上了减肥的征途。她每次看到我，第一句话就是："你看我最近有没有瘦些？"我只能实话告诉她，你真的不胖。可惜她并不相信，老是疑神疑鬼，觉得自己又长胖了。我知道，是小赵的那句话让她产生了心理阴影。有一次她竟然饿得在办公室里晕倒了。我给她一块巧克力，她怎么也不肯吃，而且还跟人抱怨：“给我吃巧克力，不是害我吗？”

一年之后再见到她，她已经瘦得像一根鱼刺，脸色苍白晦暗，连走路都有些打晃儿。看见我，第一句话仍然是：“你看我最近有没有瘦些？”

看着她的背影，我不由得叹气。她得了厌食症，走入了一个心理怪圈，又坚持不肯去看医生，花朵一样的年纪，就那样一点一点地凋谢了。

想起作家史铁生先生曾经在他的《病隙碎笔》里说过一段话，大致是说，生病的日子里，怀念那些不生病的日子；病重了时，又怀想病轻的时光。身体健康是多少人的祈盼，想去哪儿就去哪儿，想吃什么就吃什么，那何尝不是一种幸福？好好的一个人，减肥减成这样，这不是作践自己吗？

人总是这样，很多时候，我们不知道自己想要什么，漂亮了还想更漂亮，钱多了还想更多些。我们都没有自己的底线，心中的沟壑不断地被各种欲望填满，被压得喘不过气来，甚至停不下脚步看一下周遭的风景。人的劣根性导致了我们在永不满足的底线上挣扎，尽管很辛苦，但却欲罢不能，所以幸福的滋味一直可望而不可即。

尽管幸福是一个很模糊的概念，但每个人的心目中都有一个衡量的尺度，旧同事以为只有减肥、更瘦一些才是她的幸福，可是这样的幸福代价太大，以健康做投资，以厌食症为回报，未免得不偿失。在我的理解中，幸福就是健康的身体、平安的生活、牵挂着你的亲人和朋友，是生病时一声普普通通的问候，是口渴时一杯清凉的矿泉水。在能爱的时候尽量去爱，把自己的幸福和快乐以感恩的心情传递给周围的每一个人。

幸福的底线其实就是不贪婪，不去做那些无谓的假设，也不去奢求那些不切实际的妄想。心存感激，感激那些带给我们快乐的人，哪怕那种快乐只有一丁点，只有极短暂的一瞬。

想要很多很多幸福的时候，幸福是一个魔鬼。当我们不那么贪得无厌的时候，幸福就是一个天使。幸福其实很简单，它只是一种感觉，蕴藏在平淡的生活里。

如果给幸福画一道浅浅的底线，那就是拥有健康的身体和健康的心理。幸福的所有条件，以健康排在第一位，因为健康是本，是生命之本。

比第一更重要的事情

快乐是从心底开出来的花朵，当快乐盛开的时候，请不要连根拔起，给快乐留一个怒放的空间。

去朋友家里做客，赶上朋友正在训斥孩子。我第一次看到他发那么大的火，额上青筋暴突，脸色紫胀，余怒未消，气呼呼的样子，有点吓人。

太意外了。在我的印象里，朋友是一个优雅沉稳的人，遇事不急不躁，处变不惊，待人宽容和蔼。我曾亲眼看到一个外乡人，在挤车的时候在他的鞋上踩了一下，那可是一双崭新的皮鞋，朋友也只是大度地笑笑而已。怎么对自己的孩子，竟然会如此失态，如此大的火气。

问及才知，朋友的孩子这次期中考试又没考好，不但离他设想的班级第一、年级前五十的目标遥不可及，而且比平常的成绩还下滑了一大截。朋友忍无可忍，终于大发雷霆："念小学的时候，还能考个班级第一，上了中学以后，不但保持不住第一，而且成绩越来越差，这样下去怎么能考上重点高中？考不上重点高中，还能考进好的大学吗？念不成好的大学将来到哪儿找工作？最重要的是，一点荣辱心都没有，争取第一才是一个学生最重要的事情。”

朋友的孩子，是一个十三四岁的青葱少年，文弱，白净，鼻梁上架一副眼镜，他放下手里的书，看了父亲一眼，说：“第一不是最重要的，快乐才是最重要的。”

如此掷地有声的话，不禁令我刮目相看。谁知朋友渐欲平息的怒气又被勾起，他拍案而起：“现在的孩子只注重自我感受，根本没有吃苦耐劳、拼搏向上的精神，争第一有什么不好？这么点想法都没有，还能做好什么？”

那个孩子有些委屈，但还是极力平静地说：“别发火，对健康不好。不是我不想争第一，谁不想做最好的、最优秀的人？说不想那是自欺欺人或者大脑短路，可是一个班级里根本不可能人人都拿第一。你也看到了，我每天晚上十一点半睡觉，早晨五点半起床，除了学习还是学习。我很努力了，可是我的成绩却是平平，在班级里只占中等，我接受这个现实。因为这个现实，所以平常我尽可能不惹您和妈妈生气，努力表现，比如打个洗脚水，提醒你们吃早餐等，以弥补我不能实现你们给我定下的目标所带给你们的失望。念书这件事情，除了和后天努力有关，也和先天资质有关，你总不能逼着一只羊像鸟一样飞翔吧？”

少年条理清晰，一口气说了很多。说完，并不看我们，拿着书进了另外一间屋子，剩下我和朋友面面相觑。

当“快乐”和“第一”摆在一起的时候，相信很多人都会对“第一”这两个字情有独钟，可是偏偏“第一”是个有点极端的词，注定只是少数人的少数体验，为什么我们总会极端地要求孩子拿“第一”？孩子健康快乐地成长，难道那不是孩子给父母最好的礼物吗？

快乐是从心底开出来的花朵，当快乐盛开的时候，请不要连根拔起，给快乐留一个怒放的空间。

温一壶月光解乡愁

年年岁岁月相似，岁岁年年人不同。再大的变化，想家的心情却是不会变的，只会一日比一日更甚。漂泊之苦，思乡之痛，温一壶月光当茶饮，那是治愈思乡最好的药。

初秋季节，风乍起，月微寒，凉凉的月光斜进窗棂，在墙上慢慢游移。暗淡的屋子里，因为月亮仙子的光临，有了些生气。

半床明月半床书，抱被拥书不亦乐乎。只是书里人生，关乎的都是他人苦乐。

如水的音乐轻轻浅浅地漫上来，喝茶闻音不亦乐乎。只是乐里人生，有如闻禅悟道。清凉的月光下，淡淡的乡愁一阵阵袭来。

秋凉的季节听《二泉映月》，只觉得寒气彻骨，更加冷了。二胡的音色似一个人在耳畔低低细语。泉之冷，月之寒，泉月相互辉映，咿咿呀呀、呜呜咽咽，凄厉欲绝的袅袅之音，勾画出一个人内心世界的清醒与剔透，也借映月解读了对人生和命运的不满与抗争。

时光是一条河，所有的人和事，都是时光河流上漂移的小舟。不管是金戈铁马、铮铮铁蹄、沙场争战、战火烽烟；也不管是红颜柔情、千娇百媚、暗香萦绕、不朽传奇，穿越厚重的时光，都将成为一缕烟愁。

唯有月光，千年不变的月光，映照万里河山，烟笼花影婆娑，眷顾世间人情冷暖，幽幽地散发着一缕轻柔的亮光。那一抹清凉的诗意，勾起多少离乡之人无尽乡愁，激发出多少文人墨客满怀的才情？最经典的当然是那句“举头望明月，低头思故乡”，羁旅之人，聚少离多，漂泊在外，想家的时候，温一壶月光当茶饮，对着月亮，千里解相思。

唐人于史良有句：“掬水月在手，弄花香满衣。”语出《春山夜月》，与《二泉映月》有异曲同工之妙，不过是一个深刻写实，把人世沧桑、心中波澜，借助泉水与月光淋漓尽致地宣泄出来。一个浪漫唯美，禅意犹存，静水映满月、波光潋滟，一阵微风掠过，月光碎落，在水上起舞，掬一捧水在掌心，月光其实在心里。这里讲究的是意会，并不是月光真的在掌心里，摘一朵花，衣袖盈香，几日不散。

宋代《嘉泰普灯录》有句偈语，也与月亮有关：“千江有水千江月，万里无云万里天。”这句话的意思是说，江不分大小，有水便有月；人不分贵贱，佛性在人心。月映百川，每一条江河里都有一个不尽相同的月亮，走到哪里，月亮便会出现在哪里。

阿炳的月光，喝下去，清冷，寒凉；于史良的月光，喝下去，小资，缠绵；佛家的月光，喝下去，清淡，通透。

山河万里，头上共一盏明月，清辉普照人间。可是对于思乡的游子来说，月亮还是家乡的那一盏最明亮。思而不见愈想见，以至于，相思成灾。

年年岁岁月相似，岁岁年年人不同。再大的变化，想家的心情却是不会变的，只会一日比一日更甚。漂泊之苦，思乡之痛，温一壶月光当茶饮，那是治愈思乡最好的药。

为爱你的人开手机

我不时尚，也不前卫，所以我用手机，而且多数时间都开着，就是为想找我的亲人和朋友能方便些。为爱你的人和你爱的人开着手机，真的没有想象的那么可怕。

出门旅行，流连于美丽的山水间，一个人优哉游哉，穿行于风土人情的画卷，忘情于湖光山色的景致，过起了世外桃源的日子。手机关掉了，电源拔掉了，远离现代文明，远离高科技的困扰，耳边清静了，没有了嘈杂与聒噪，没有了喧嚣与吵闹，忽然觉得性情变得恬淡了，人生变得怡然了，一切都美好起来。

几天后，风尘仆仆地回到家里，爱人耷拉着个脸，满脸的不高兴溢于言表，劈头就问："手机呢？干吗不开机？怎么打都不通，还以为你出事了，被坏人绑票了，以后不许这么干，听到没有？"我笑嘻嘻地说："像我这样没财没色，不会有人惦记的。"嘴上这样说，心里还是被小小地感动了一下。

回家看望父母，发现母亲的嘴边居然起了泡，嗓子也哑了。我吓了一跳，忙问：“什么事啊？上这么大的火？股票又跌了？早市上的菜又涨价了？”父亲在一边愤愤然：“胡说什么啊？还不是因为你？这么大个人，出门在外，连手机也不开，你不知道有人惦记你啊？”我依旧跟父母调侃：“没有发生海啸，也没有发生地震，更没有发生战争，天下太平，能有什么事情发生？”嘴上这样说着，心中却隐隐地疼了一下。

生活这个世界上，牵挂你的人也许不多，但有那么几个，就是一生的财富。

高科技时代，手机成了一个让人欢喜也让人烦恼的怪物，形容其为鸡肋，一点都不为过。一方面，人与人之间的联系方便快捷了，有什么事情一个电话就可以搞定，省掉了中间一个很烦琐的过程。另一方面，手机介入平民百姓的生活也产生了很大的被动性。比如，上司找下属，什么时间叫你，什么时候得到，无论你正在忙什么事情，都得放下，推诿和借口好像都是多余的摆设，你不可能假装不知道。再比如，妻子找晚归的丈夫，也许你会找借口说忙，手机没电了，或者干脆说手机出门时忘记带了，但这样的理由多少有些牵强，会让你忐忑不安，担心这小小的谎言被戳破。有的妻子，对于花心的丈夫，甚至用上了卫星定位，时代进步了，连隐私也无处隐藏。

时尚前卫的人士，多数选择不用手机，因为没有那么多闲工夫跟你磨牙，不用手机，在城市里过着半隐居的生活，可以推掉很多无聊的应酬，节省下来的时间可以干点自己想干的事，不会因为手机，被人牵着鼻子走。

我不时尚，也不前卫，所以我用手机，而且多数时间都开着，就是为想找我的亲人和朋友能方便些。为爱你的人和你爱的人开着手机，真的没有想象的那么可怕。

时光的隔壁住着谁

每个人的心中都曾有过一个流浪的梦想，挣脱生活，挣脱束缚，摆脱压力，摆脱牵绊，去远方，去自己想去的地方，像一只自由飞翔的小鸟一样，像一匹脱缰的野马一样，在心灵的旷野上，驰骋一小会儿。

很少逛街，但想要体验在红尘中行走的感觉，那一定是要到街上才能体会得到。特别是傍晚下班的时间，走在街上，身边是喧嚣的人流、鼎沸的人声。一边是小吃美食和站在街边大快朵颐的人们，一边是露天T台上模特儿们妖娆妩媚的表演。渐渐升起的路灯流光溢彩，遛弯儿的老人，撒欢儿的孩子，窃窃私语的情侣，行色匆匆的路人，庞大的车流，都能让人感受到红尘滚滚中生活的气息和味道。

这样的辰光，能够感觉到一种从生活中剥离出的味道，现世安稳，岁月静好。

路边的音像店里，传出熟悉的旋律，先是齐豫的《橄榄树》，后是老狼的《同桌的你》，还有许巍的《曾经的你》……

一首接着一首，都是经典的怀旧老歌。

站在街头，忽然就傻掉了一般，愣怔在那里，思维瞬间短路。茫然四顾，周遭是人流与车流，喧哗的世界里，我仿佛成了一座小小的孤岛，瞬间掉进了自己的世界里。依稀看见时光的隔壁，另外一个我，由远至近。

那时候，年少，穿白衬衫，着长裤，梳学生头，穿球鞋，素颜，直发，青葱一样的年华，喜欢背着书包晃荡在小城那条站满白杨树的马路上，喜欢以仰望的姿态跟在小城一帮诗人的身后，狂热地听人家朗读诗歌，畅谈人生与理想，喜欢不着边际地遐想那些不可企及的事情。

那时候的我，最大的理想不是写诗，而是疯狂地迷恋齐豫的《橄榄树》：不要问我从哪里来，我的故乡在远方，为什么流浪，流浪……

谁在青春年少的时候，没有一个流浪的梦？我的梦想就是像三毛一样，背着简单的行囊，去远方流浪，无拘无束，羁旅天涯，过着行吟诗人一样的生活。像小鸟一样在天空中自由翱翔，去沙漠里采摘野花，去草原深处放牧，甚至想扒火车去远方，因为远方有我七彩斑斓的梦。那个流浪的梦想像梦魇一样蛰伏在我的生命中，久久不肯离去，小半生的时光都在做着同一个流浪的梦，我所有的幸福都跟流浪有关。一个人，在午夜的火车上，看远山如黛，一闪而过，看远处路轨旁闪着幽蓝光芒的铁轨灯。

最勇敢的一次，是和几个女生一起，在火车站的铁轨旁埋伏了一天一夜，准备伺机扒火车去远方。因为那时口袋里没有钱，扒火车是那个年纪所能够想到的最勇敢的事，我们唱歌：为了天空飞翔的小鸟，为了山间清流的小溪，为了宽阔的草原，流浪远方，流浪……

那件事情的结果，是被父母抓了回去。远方没有去成，结果被罚两天不许吃饭，所有的梦想，所有的强硬，所有的疯狂，最后都被食物给打败了，所谓“人是铁，饭是钢，一顿不吃饿得慌”，一顿不吃就被饿成软软的面条，更何况两天？妥协，是那个时候唯一能选择的。

多年之后，我的梦想被生活的洪流淹没了，我变成了一个居家的女子。每日里，看书，写字，相夫，教子，去早市与小贩讨价还价，下厨烧几样小菜，回家在父母膝下承欢，过着平淡无奇的生活。远离欲望，远离梦想，年少时的那个我距离现在的我越来越远，越来越远，终于，渺不可见。

遗憾吗？也不曾。每一个年龄段有每一个年龄段的美丽，每一个年代有每一个年代的梦想。如若我现在还想要疯狂地流浪，那可能真的是神经错乱，因为在我的身后有太多太多的放不下，牵绊我羁旅的脚步。那些牵绊，是我生命的根和养分，是我幸福的全部来源。

时光的隔壁，住着一个年少的我，为一朵花流泪，为一幅画感动，为一句话感慨，为一首诗狂热，为一首歌心动，为一个流浪的梦而执着。

清纯时光，美丽岁月，走过，也就没有什么可遗憾的。

谁不曾年轻过？谁不曾狂热过？不信你看看住在时光隔壁的那个你，那么真诚，那么热烈，那么无所顾忌，那是青春赐予我们的勇敢和力量，那是青春赐予我们的义无反顾。

每个人的心中都曾有过一个流浪的梦想，挣脱生活，挣脱束缚，摆脱压力，摆脱牵绊，去远方，去自己想去的地方，像一只自由飞翔的小鸟一样，像一匹脱缰的野马一样，在心灵的旷野上，驰骋一小会儿。

旧书串起的美丽时光

重新把那些旧书码好，整齐地摆放在书架上，一层一层。我无法舍弃丢掉旧书，它们始终都和我的生活连在一起，丢掉旧书就是丢掉自己，让旧书伴随我，一路欢欣和哀愁。

在长长的一生中，每一个人都有一些难以舍弃的东西，比如亲情、友情、爱情。比如用过的一些物品，小时候抱过的娃娃，上学时穿过的旧衣服，几乎每一个人都有恋旧情结。我也不例外。那年搬家，不得已，丢弃了很多旧东西，但唯独那些旧书，我却是不舍得扔掉的。

那年搬家之后，那些旧书没有来得及整理，胡乱地堆满一地，放在过道里，里外行走，十分不便。

旧书的颜色差，纸张发黄，有的甚至掉了书页，像一个个上了年岁的女人，放在装修考究、宽敞明亮的新家书房里，总觉得不是很协调。老公有意把旧书全部卖掉，换上新书。

我有些不舍，坐在地板上，一本本翻那些旧书，几乎每一本书都有故事和来历。张恨水先生的小说《金粉世家》，一套分上中下三册，上册是我在大连买的，中册是妹妹在徐州买的，而下册是小弟在锦州买的。我一直相信姐弟间是心有灵犀的，买了同一本书的上中下三册。除了血缘亲情的相通，还能怎样去解释？

翻开英文版的《乱世佳人》，扉页上有几个字，是妹妹的手笔。那时候妹妹在吉林上班，春节回来，送了这样一本书给我，说是生日礼物。其实是为了某次争执，然后又无法和解的道歉，她喜欢用这样的方式表达自己的感情。

在许多书的底下，找到一本《聂鲁达的诗歌》，那是在一个为诗歌倾倒和疯狂的年代，一个喜欢写诗的朋友送给我的，我们都一样，都曾热血沸腾过。

翻开《朦胧诗选》，第一首是北岛的，第二首是顾城的。那时候是顾城的粉丝，后来读过一本书叫《英儿》，是一本关于顾城的，有着诗一般的语言的书。《英儿》中的顾城和《朦胧诗选》中的顾城，我始终无法把他们画上等号。《朦胧诗选》是一位在出版社工作的老师送给我的。

有一段时间工作很轻闲，常常用上班的时间偷偷地翻阅一本《唐诗宋词选》，这本书是一位同事的。那时候，我们的关系甚密，后来我走了，不在那个地方工作了，书却一直没有还给她。

不知不觉间，打开的旧书摆满了我的周围。那些旧书簇拥着我，仿佛在开会。我相信旧书也是有生命的，它们仿佛在声讨我："不许把我们丢弃。不许。"

是的，每一本旧书都有它的生命，它的容颜不再崭新如昨，但是，每一本书都伴随我走过多年。每一本书都有故事和来历，它们见证了我走的岁月，见证了我所有喜悦和忧伤。

重新把那些旧书码好，整齐地摆放在书架上，一层一层。我无法舍弃丢掉旧书，它们始终都和我的生活连在一起，丢掉旧书就是丢掉自己，让旧书伴随我，一路欢欣和哀愁。

彼此交集的时光

共过一段年华，有彼此交集的时光，哪怕是一只狗，它的善良，它的忠诚，也会永久驻进我们的记忆里。

母亲从菜园回来时，在河边捡到一只狗。它蜷缩在一堆乱草中，身上脏兮兮的，又瘦又弱，脑袋上还顶着一棵草，样子狼狈而滑稽。它的全身上下，只有一双眼睛是干净的，清澈透明，乌溜溜地瞅着母亲。母亲动了恻隐之心，把它抱回家。

母亲回到家时，我们正在玩耍，看到母亲抱着一个脏兮兮的小东西，我们一哄而散，远远地瞅着它，埋怨母亲不该把这么脏的小东西捡回家。

母亲打了一盆清水，把它洗干净。

洗净之后才发现，它没有想象的那么丑。通体黑色，有白花，小脸，鼻子很翘，看人的时候目光很专注。美中不足的是，它的腿很短，个头也小，还有点肉嘟嘟的。看家护院，它显然不是最合适的“狗选”，而且也不够凶猛。当成宠物养吧，它又显得过于肥大，完全没有那份娇俏与玲珑。

母亲说："还是留下它吧！你看它的目光，很温和，是一个很善良的小东西。"母亲的理由很牵强，但是，最终还是把它留下了，成为我们家的一员。

我们时常捉弄它，拽它的耳朵，揪它的尾巴，用滚烫的土豆喂它。丢给它食物的时候，它总是鱼跃般扑上来，行动敏捷迅速。结果，滚烫的土豆可能把它烫得不轻，因为走了十来步，它就把土豆放在地上，回头幽怨地看了我们一眼，然后就近刨一个坑，把土豆放进去埋好。它做这些事的时候，总是很专注，并不顾及我们正在一旁看着它。因为它的腿短，我们一群半大孩子还恶作剧地给它起了一个名字：板凳小姐。

"板凳小姐"的糗事多得数不胜数。学小猫咪去戏弄彩蝶，看到邻居家的一头牛来袭，它犹豫观望很久，最后撤退。

"板凳小姐"来我们家两年之后，进入芳华绝代的年龄，那段时间，它很漂亮。尽管依旧短腿，看起来也不够高大和威猛，但身上的毛色光滑亮泽，气度不凡，像一个骄傲的公主，任凭那些勇猛的"帅狗"成群结队地在街上走来走去，搔首弄姿，它都不为所动，安静地卧在树下，神情优雅娴淑。

"板凳小姐"是在一个大雨之夜做了母亲的，意想不到的难产。母亲披了件雨衣，打上手电，准备帮"板凳小姐"一把，可是母亲这个助产士完全是个门外汉，一窍不通的她，看着"板凳小姐"疼痛难忍的样子，急得不行，最后只好去求助兽医。

快天亮的时候，"板凳小姐"终于没有声息了，它闭着眼睛，筋疲力尽的样子，身上的皮毛都湿了。它的身边有四只小狗，比拳头大点，湿漉漉的，闭着眼睛，哼哼叽叽地到处找奶吃。

隔了几天，“板凳小姐”的元气才慢慢恢复，它守在四只小狗的旁边，目光柔软慈爱，不允许任何人或小动物靠近。只要一有人或小动物靠近，它就会一反常态，目光变得凶狠、凛然，喉咙发出呜呜的声响，我从没有看到过它如此威猛的一面。

四只狗宝宝后来都送人了。“板凳小姐”从发现它的宝宝们不见了，就开始粒米不进，目光哀怨忧伤，眼角常常有泪滑落。

母亲有些自责。

我当然明白，母亲是因为把狗宝宝送人的事。我知道母亲做得对，家里不可能养那么多狗。那时候，我们尚且缺衣少食，哪里养得起狗？

从那时开始，“板凳小姐”意志消沉。有了外来入侵者，它也懒得和它们纠缠，只是象征性地叫几声就回去躺着。

曾经有偷狗的贼打它的主意，用鱼钩挂了香饵钓它。可是“板凳小姐”似乎有一种天生的敏锐和洞察力，对挂了鱼钩的香饵并不感冒。

怎奈道高一尺，魔高一丈，“板凳小姐”终于没有逃脱宿命，误食了偷狗贼下的毒药，一命呜呼，终年十岁，相当于人的迟暮之年吧！

是母亲首先发现的。母亲一大早起床，发现“板凳小姐”横躺在桃树底下，口吐白沫，身体已经凉了。母亲当即就哭了，十年啊！“板凳小姐”早已成了我们家庭成员中的一员，和我们一起分享喜怒哀乐。

彼时，正是桃花开时，母亲把“板凳小姐”葬于桃树之下。纷飞的花瓣雨，是上天对“板凳小姐”的怜惜之泪，“板凳小姐”的一生，既没有享过荣华，也没有享过富贵，它的一生，就像草木一般。只是，草木遇春风得春雨会重生，而我，去哪里能找到亲爱的“板凳小姐”？

共过一段年华，有彼此交集的时光，哪怕是一只狗，它的善良，它的忠诚，也会永久驻进我们的记忆里。